爱丽赛的秘密
爱丽和伦的秘密

[英] 丽兹·凯斯勒（Liz Kessler）著

孤舟 译

U0362157

清华大学出版社

北京

北京市版权局著作权合同登记号　图字：01-2017-7953

Liz Kessler
Emily Windsnap and the Siren's Secret
ISBN:978-1-4440-1512-6
Copyright © 2012 by Liz Kessler.
This edition arranged with ORION CHILDREN'S BOOKS LTD （Hachette Children's
Group Hodder & Stoughton Limited） through BIG APPLE AGENCY, LABUAN,
MALAYSIA. Simplified Chinese edition copyright: 2019 Tsinghua University Press
Limited All rights reserved.

图书在版编目(CIP)数据

爱美丽和赛伦的秘密 /（英）丽兹·凯斯勒（Liz Kessler）著；孤舟译 . —北京：
清华大学出版社，2019
　　书名原文：Emily Windsnap and the Siren's Secret
　　ISBN 978-7-302-52263-8

　　Ⅰ. ①爱… 　Ⅱ. ①丽… ②孤… 　Ⅲ. ①儿童小说—长篇小说—英国—现代
Ⅳ. ①I561.84

中国版本图书馆 CIP 数据核字(2019)第 018819 号

责任编辑：张立红
封面设计：梁　洁　周东辉　吴东颖
版式设计：方加青
责任校对：郭熙凤
责任印制：杨　艳

出版发行：清华大学出版社
　　　　网　　址：http://www.tup.com.cn，http://www.wqbook.com
　　　　地　　址：北京清华大学学研大厦 A 座　　邮　　编：100084
　　　　社 总 机：010-62770175　　　　　　邮　　购：010-62786544
　　　　投稿与读者服务：010-62776969，c-service@tup.tsinghua.edu.cn
　　　　质 量 反 馈：010-62772015，zhiliang@tup.tsinghua.edu.cn
印 装 者：北京嘉实印刷有限公司
经　　销：全国新华书店
开　　本：148mm×210mm　　　印　　张：7.75　字　　数：148 千字
版　　次：2019 年 12 月第 1 版　　印　　次：2019 年 12 月第 1 次印刷
定　　价：39.80 元

产品编号：073894-01

这本书献给所有给我写信请我写第四本书的爱美丽的粉丝们。

谢谢你的聪明，而且你在我之前就知道爱美丽想要开始另一次冒险。

在这阳光明媚、蔚蓝而甜蜜的时刻，我在碧绿的海水中游泳、滑翔；在白天，我看不到那阴惨的岸边。

但当黑暗笼罩着海浪时，我带了一个贝壳到岸边；然后我坐在岩石上，哀怨地歌唱。

——《月亮少女》

菲奥娜·麦克劳德

书 评

绝对是一次引人注目的亮相，如同清新的海风，让人精神一振。

——阿曼达·克雷格

耳目一新的风格，引人入胜的奇幻王国。

——《出版新闻》

作者把奇妙的人鱼描绘得栩栩如生，从人鱼美丽的尾巴，到闪闪发光、富有魔力的珊瑚礁，一切都显得既新奇，又真实。

——《学院图书馆期刊》

这是一本极好的儿童读物……女孩们绝对会爱上这本书……书中不只有刺激的冒险和奇思妙想，还贯穿着对家庭和友情的深思……

——《水磨石图书季刊》

轻松有趣又刺激……这本书内容丰富，描写生动，在儿童读物中独树一帜，用文字构建了一个神秘而广阔的水世界。

——《收藏家》

引　子

这是一个不适合外出的夜晚，除非你有特别的原因。

风在街道的每一个角落呼啸着，把树木吹得弯曲、摇晃、折断，凶猛的雨水泼洒在路面上。

大海上的情况更糟糕。风暴席卷的大海，海浪像塔楼一样高大。波涛猛烈地翻滚着，就像患了狂犬病的大狗。

所有大海的子民都知道这意味着什么——尼普顿很生气。

只有有着疯狂想法、足够勇敢的人才会在这样的夜晚来到海上，远处有两个人影，他们很不安全。一名男子从渔船上探出身子，向水里的女人喊道："快靠过来，拿着这个东西，好好保管它。"

"这是什么？"女人的声音夹杂在雷鸣般的海浪声中。

男人摇了摇头。"我听不清你在说什么！"他往外靠了靠，补充说，"等到你下一次能够确保安全的时候，再来找我。"

"怎么了，发生了什么？"女人惊慌地大叫着，海浪凶猛在拍打着渔船和女人，令他们分开得越来越远。

男人指着刚才递给女人的包裹。女人努力分辨着他的口型，觉得他说的是"贝壳"，他后面的话仿佛是"有'魔法'在它里面"。

女人一想到他们即将分别，离别的痛苦比海浪的冲击更要让她无法忍受，"那么——"

海浪冲走了她，也冲走了她剩下的问题——但是男人知道她想要问什么。

"我会照料好一切的！"他叫道，"不必担心，一切顺利。快点走吧！趁着时间尚早，赶紧走。"

如果此时有一位旁观者，将会看到男人和女人随着海浪各自分开，消失在汹涌大海的群山背后。然后这位旁观者肯定会怀疑是不是自己看花了眼，因为谁都知道没有人愿意在这样的夜晚外出。

除非他们有特别的原因。

目　录

第一章

　　我知道当我讲出这些故事的时候，大家都会认为我疯了，但是我的生活确实有些非同寻常。

　　为什么大家会觉得我疯了呢？

　　因为这是我人生中第一次和亲生父母一起居住，就在中心岛上，我们美丽的家里。岛上有我最好的朋友肖娜，肖娜和她的家人住在街道的拐角；我还结交了一个新朋友，他叫亚伦，他和他的妈妈一起居住——这一切看起来都很正常。

　　假如没有把爸爸从监狱里救出来，假如没有海怪试图让我从自己的生活中消失，假如没有风暴把我家送到横跨半个地球的地方，那么我的生活绝对是正常的，但是上面说的这一切在过去短短的一年内都发生了。

　　不过我现在的生活，阳光洒在沙滩上，每天都有朋友的欢声笑语陪伴，这简直是太完美了。

我唯一搞不明白的是，最近一周的早上，我起床时为什么都会觉得烦躁不安呢？

我从床上坐了起来，伸了个懒腰，试图想起所做的梦。但是一堆乱七八糟的碎片在我脑海里互相追逐，始终无法拼接在一起，我唯一能想起来的只是它们带给我的那种特别的感觉。既不是难过，也肯定不是心慌紧张。

大概就像我说的那样——一种好像疯了的感觉。但是我的生活无比正常。

我不能忽视这种感觉，因为我觉得妈妈也和我一样，有着同样的感受。她在做饭和看书的时候，有一两次我发现她的眼睛突然变得深邃而灰暗，眼神里透着迷茫，好像她在找寻遥远的东西——她曾迷失的东西。

我觉得在我的潜意识里，知道有什么东西在蚕食着我们，我明白我们正在失去什么，甚至在与阿奇的谈话改变了一切之前就明白了。

"咚咚——是我！"一个熟悉的声音穿过门缝，紧接着是重重的脚步声，是妈妈最好的朋友米莉来了。

幸运号，是我们现在生活的船。它停泊在海湾，前面一半沉入沙中，后面一半沉入水下。我的爸爸是一条人鱼，而我也是一条半人鱼，我们两个都能在水下游泳。妈妈的卧室在上层甲板上，甲板与下面海水之间的门都是活板门，所以我们一家人在这里生活很方便。一条长长的码头栈道连接着海滩和幸运号，这样像米莉一样的人类就能直接走到船上，而不用担心海水弄湿了她的双脚。

她把头靠在门上，"有人在家吗？"

我慢吞吞地从床边走到门前，一边揉着眼睛，一边示意她进来。但还没等到我请她进来，她就已经从门中爬了进来，拧着她上船时湿透的裙子。

"你妈妈起来了吗？"她向我问道。

我打了个哈欠，揉了揉眼睛。"起来了吧，她应该已经起了，你为什么要问这个呢？"

"有人要回来了！"她兴奋地说，"我刚才在海藻藤上听到的。"

"海藻藤？"

"我只是为了跟上那个说话的家伙才爬上海藻藤的，"米莉皱着眉头解释着，"我的意思是，根据小道消息，阿奇今天要回来！"

此时我注意到她的脸，显然，我早就注意到了她的脸。我直视着她的脸，发现她今天很特别——两只眼睛上画着明亮的蓝色眼影，嘴上涂着厚厚的红色唇膏，甚至还涂在了几颗牙齿上。我指了指她这些特别的地方，她转过身走向门前的镜子。

"我差不多好几周没见到他了，"她一边用袖子擦着牙齿上的口红，一边说道，"我现在非常想念他！"

阿奇是米莉的男朋友，也是一条人鱼。目前他正在执行尼普顿的任务，一直在外面出差。

"是米莉来了吗？"妈妈的声音传出了，"米莉，进来吧，顺便帮我把水烧上。"

我把交谈的空间留给了她们。

半小时后，妈妈穿好了衣服，和米莉一起坐在船上所谓的起居室里。我想约肖娜和亚伦一起出去玩耍，但妈妈觉得我们应该和米莉在一起——米莉过于激动，不能让她单独留下，否则一定会出什么乱子。

我和爸爸待在甲板下面的水中，爸爸在帮我进行学校体操表演训练——每个人都需要完成三级后旋。现在我可以完美地完成两个旋转了，但始终不能成功地完成第三个旋转。

我刚进行完第四次尝试，活板门上就传来一阵急促的敲门声。

"一定是阿奇！"我惊叫道。

"我觉得应该不是他，"爸爸说，"阿奇会这样敲门吗？"

我笑了一下，爸爸说得对，舷窗外面是阿奇更可能出现的地方，因为人鱼是没有门这个概念的。

我们伸出头望着门外，想看看是谁来了。妈妈把门打开了，"哦，你好啊，比斯顿。"她清楚地说着，"很高兴见到你。"

在我的过去的人生中，比斯顿先生一直隐瞒着我的真实身份，并且不断把我的情况偷偷报告给尼普顿，他这个人永远让我感到的是痛苦和厌恶，而不是爱和温暖。

然而，在我们经历了一系列灾难之后，尼普顿命令我们都把过去抛在脑后，开始新的生活。所以从那时起，我们就一直努力向比斯顿先生表示友好和礼貌。

妈妈把门打开，冲着他说："进来吧，一起喝杯茶。"

"我——我的意思是，嗯，你知道的。我不想——我不想打扰你们。"虽然他这样结结巴巴地道歉，但仍旧信步走了进来，一屁股坐在了大厅中的小沙发上。

"你好啊，爱美丽。"他对我点点头，用手梳理了一下头发。

"嗨！"我冷漠地打了声招呼，就转身向后游去，但爸爸用手肘轻轻地碰了我一下。"记得要有礼貌。"他喘着气说。

我哼了一声，游过活板门，坐在甲板边上，在水里拍打着尾巴，出现了一种熟悉的刺痛感，随着刺痛感越来越强，紫绿色光芒也开始不断地闪烁起来；随即尾巴突然变得僵硬，然后慢慢消失了，我的双腿又出现了。我默默地坐着，从一条人鱼变回人类总是会让我觉得浑身麻麻的，我没有立刻站起来，而是让腿摇晃了一会儿，等着刺痛和酥麻的感觉渐渐消去。

"我坚信阿奇今天会回来的。"比斯顿先生对我们说，显然他也听到了小道消息。但我一点都不觉得吃惊，因为他好像总能提前了解一些情况。我觉得吧，世界各地很可能布满了他的眼线。

虽然我们被命令要和他交朋友，但我现在仍然不信任他，我也很不理解爸爸妈妈怎么能放下过去的恩怨，忘记他以前的所作所为。

"我们已经听说了。"妈妈回复了他一句。这时候，甲板下又有声音传了过来，米莉猛地站了起来，冲向镜子检查了一遍自己的脸，又扯了扯头发，整理了一下衣服，然后把她的口红从包里拿了出来。

"是他！"米莉尖叫道，"是阿奇回来了！"

我们都跑到甲板上的活板门边，朝下面看着。果然，两秒钟后，阿奇的大头出现在了舷窗外面，那个舷窗被我们当成水下的活动门。阿奇抬起头来，咧嘴大笑，然后把黑色的头发从脸上拨弄下来，随即游到了活板门边。"大家好，我回来了。"他开心地盯着米莉大声说道。

妈妈也对他笑着说："好了好了，其他人都进来喝茶吧，让他们两个单独待会儿吧。"

比斯顿先生对阿奇轻轻地点了点头，说："欢迎回来，阿奇瓦尔先生。"

"我要喝格雷伯爵茶。"米莉依旧在温情地盯着阿奇，头也不回地点了她最爱的茶。

"我来直接问你吧，"大家一起聚集在大厅里，阿奇和爸爸贴着船的一侧，其他人都坐在前甲板上。"最近两周，你都是在布莱特港工作吗？"

布莱特港是我们的家。嗯，确切地说是我的老家。在我们一家人搬到中心岛前，一直在那里生活，但是因为中心岛允许人鱼和人类共处，我们才决定迁移到这个世界上独一无二的地方。也就是说，只有在这里，我、爸爸、妈妈才能平静地生活在一起。这里是有史以来最特别的岛，再也找不出第二个地方了。但是当爸爸说出"布莱特港"这个词的时候，我的胃突然隐隐作痛。

"是的，"阿奇沉默了一下才回答，"直到我们一行人接近目的地时，我才意识到原来任务地点是布莱特港。"

比斯顿先生认真地点了点头。"嗯，对于伟大的尼普顿来说，任务的保密性非常重要。"他继续说，"这是我长期在尼普顿身边工作总结下来的经验。"

阿奇并不想搭理他，又继续说："我们在布莱特港的外围地区发现了起重机和挖掘机，那里已经非常接近我们人鱼区的外海了。西普罗克原住民都被吓坏了，尼普顿让我们去调查发生了什么事。"

我的胃又开始痛了，而且痛得更厉害了。西普罗克是肖娜曾经居住的人鱼小镇，也是我就读的第一所人鱼学校的所在地。但现在仅仅是提到这个地方，我就感到不舒服。

"那你们有什么发现吗？"爸爸问。

"因为我们是人鱼，不能在陆地上活动，所以目前进展相当缓慢。我们唯一发现的是布莱特港委员会在这件事中起了关键作用。"

"他们到底想做什么？"妈妈问道。

阿奇转过头看着她，说："嗯，各有各的解释吧。人类把巨大无比的广告牌竖在了海外一英里①的地方，广告牌上写着他们正在'开发荒地'。但如果你向西普罗克的任何一条人鱼问起这件事，他们都会告诉你布莱特港要把整个西普罗克小镇炸得粉碎。"

"到底是什么情况？"我问，"难道他们这些人还能摧毁西普罗克吗？"

"这就要看他们未来有什么计划了，如果他们把更多的起重机和挖掘机带到那里，那么后果真的不堪设想。西普罗克的危险已经临近了，人类的这项开发工作已经对附近海域造成了严重影响。目前西普罗克郊区已经发生了严重的滑坡现象，已经有两个家庭失去了他们的房子。如果这些房地产开发商变得更加贪婪，想要把项目开发到西普罗克镇更深远的水域，那么整个西普罗克可能会因此崩塌。"

"那简直太可怕了！"我十分惊讶。我想起了在西普罗克镇和学校认识的所有人，默默为他们祈祷着。

"对啊，简直可怕极了，"阿奇同意我的说法，"西普罗克镇居民们正在准备应对灾难的爆发，镇领导也正在商讨着大规模撤离的计划，但他们现在还不想向民众公布情况，以免造成不

---

① 英里：1 英里 =1609.34 米。

必要的恐慌。目前主要问题就是，我们没有办法确切地知道布莱特港委员会在想什么，以及他们的开发计划，所以我们很难制订出合理的应对计划。”

“尼普顿不能展示一下他的魔法吗？”妈妈问道。

“尼普顿只是对布莱特港提高警戒，”阿奇回答说，“他向布莱特港派出了一队侦查人员。但除此之外，他也做不了什么事情。”

“他做不了什么事情？”我气急败坏地说，“我们说的是同一个尼普顿吗？他不是应该比任何人都更厉害的吗？”

“他确实比海洋中的其他人更厉害，”阿奇纠正我的说法，“但是对于陆地上这些事，他就无能为力了。尼普顿所能做的就是保持监控，然后决定进一步采取的措施，以及何时采取措施。”

“那你怎么回来了？”比斯顿先生开始插嘴，“你这难道不是擅离职守吗？如果尼普顿的命令是你必须在那里——”

“准确地说，尼普顿的命令是任何时候都需要有人在那里进行监督，”阿奇继续说道，“但是目前我们需要的是一个能够上岸的人，而不是仅仅在水下区域活动的人鱼。我和陆地上的联络员有过一些接触，但是他们也不了解发生了什么，这些人在当地都没有什么消息渠道。”

“这是不是意味着你不需要回去了，是吗？”米莉的声音有点颤抖。

阿奇冲她咧嘴一笑。“对啊，当然是的。首先，尼普顿更想让我待在中心岛，以便保持对这里的监督。其次，我们需要一个和我不同的人，一个可以上岸的人。"他把头转向比斯顿，"就像比斯顿先生这样的人。"

"像我这样的人？"比斯顿先生高兴地反问着。他的脸变成了酱红色，擦了擦衣领上并不存在的灰尘。"嗯，这是当然的，这么重要的事情，尼普顿肯定会需要最专业的人员。我不得不说，虽然这并不意外，但我也有点受宠若惊——"

"我的意思是，我们需要一条半人鱼。"阿奇打断了像在发表获奖感言的比斯顿先生。

嗯，对的，比斯顿先生和我一样，也是条半人鱼，直到几个月前我才知道这件事。尽管我是第一次在学校游泳时，才发现自己是条半人鱼。

"我们需要一个可以同时进入人类世界和人鱼世界的人。"阿奇继续说道。

比斯顿先生尴尬地挠了挠头，又抹了抹他的衣领，"所以，你们需要的不是一位忠诚可靠、技术过关的得力干将，而仅仅是两只腿？"他的声音不再那么激动了。

"不，确切说是两只腿和一条尾巴。"我替阿奇回答了他的问题，比斯顿先生轻蔑地看了我一眼，但我很开心看到他失望的样子。

阿奇把手伸进他的包里，拿出一件东西。"不仅仅是爱美丽说的这样，看看这个吧，你上报纸了。"他随即把一捆文件递上甲板。

比斯顿先生把它捡了起来，问："这是什么东西？"

"一个联络人把它给了我，"阿奇说，"你自己读一下吧。"

比斯顿先生打开文件，"这只是一个名单。"他咕哝着。

"读一下上面的那段话。"

比斯顿先生清了清嗓子，"在此署名的人，一致认为重要的工作应该由人来完成，而不是计算机。我们不能让高科技的发展失去控制，让灯塔守卫者重新上任，把比斯顿先生带回来！"

比斯顿先生翻阅着写着他名字的页面，"好吧，我——"他又开始激动得胡言乱语，"我的意思是，我——"他抬头看着阿奇，"你不是在开玩笑的吧？"

阿奇摇了摇头。

"这么说布莱特港的人让我回去？"

阿奇点了点头。

"而且尼普顿也需要我？"

"是这样的。"

比斯顿先生挺了挺胸膛，"那好吧，"他说，"我不能让他们失望，我一定会回到布莱特港的。"

这一刻，我突然清楚地意识到，是什么让我每天晚上做噩梦，是什么让我每天早上醒来都会伤心难过，还有提到布莱特港，为什么我的内心会刺痛。

我就是单纯地想家了，就这么简单。

妈妈把头转向爸爸。"杰克，"她说，"我——我——。"

爸爸游到妈妈那一边，抓住妈妈的手。我也转头盯着妈妈的脸，我从她的眼睛中读出了和我一样的感觉，她的眼睛也一直在重复着同样的"话语"。我突然又意识到，最近几周，当妈妈眼神变得迷茫时，她一直在寻找的是什么。

"妈妈想回家了。"我说道。

爸爸瞥了我一眼，"我们现在就在家里啊，小宝贝，"他笑了笑，然后转向妈妈，"亲爱的，是这样吗？"

妈妈还没来得及回答，阿奇就打破了伤感的氛围，"还有一件事情，"他说，"我一直不知道该怎么开口，但现在问出来可能合适一点。"

爸爸看向他，问："你想要问什么？"

"尼普顿想要组建的是一个团队。就是说如果遇到麻烦，他需要的可能不仅仅是我们中的一个人。比斯顿先生是监控布莱特港的理想候选人，他的交际能力能获取更多有关布莱特港的信息，特别是他还有灯塔守卫者的身份作掩饰。"

比斯顿先生整理了一下他的头发。在他发表另一段"奥斯卡获奖感言"前，阿奇转向了爸爸："我还把你的名字写在了他的助手的位置。"

"我吗？"爸爸问道，"尼普顿会让一个蹲过监狱的人肩负这么重要的责任吗？"

爸爸不是一个罪犯，但他因为和妈妈结婚而被尼普顿送进了监狱。曾经人鱼和人类的通婚是严禁的，但现在这条法律不复存在了。事实上，尼普顿现在已经决定重建人类和人鱼的友谊之桥——而且他还让我们一起帮助他。

他告诉我们，他想要让两个世界融合在一起，让人类和人鱼和平共处。但是问题的关键就在于此：对于这个世界的人类来说，他们才是地球的主人，我们要怎样才能让人类和人鱼和平共处，一起生活？所有的一切都指向同一个方向——我们必须回到布莱特港。

阿奇继续对爸爸说：“尼普顿是不会揪住过去不放的，他也知道你是忠诚可靠的。”

“但我娶了一个人类妻子。”爸爸继续说道。

“正是这样，这就是为什么你也是合适的人选。你和比斯顿先生两人中的一个人去探查布莱特港中正在发生的事情，另外一人保持对西普罗克的监视，这样我们就可以避免大灾难的发生。”

“所以你让我去暗中监视我的老朋友，是吗？”妈妈很生气地问。

“完全不是这样！比斯顿和杰克会做大部分的工作。你只需要像原来一样生活就行了，随时关注邻里街坊的传言，以免他们两个会遗漏一些重要的事情。如果需要做出撤离安置计划的话，我们希望可以提前预知，以免西普罗克居民的财产遭受严重损失。他们也能够按照自己的意愿进行撤离，而不是在某一天早上醒来，发现他们的房屋已经被推土机摧毁了。"

"你认为这些事真的会发生吗？"妈妈还是保持着怀疑。

"绝对会发生的。我还要提醒你们另外一件事：如果再有一所房子被毁，那么西普罗克镇民就真的会恐慌。尼普顿从不喜欢事情超出他的掌控，如果引发了更多的问题，他可能会下令大规模撤离，以便向世人展示自己的力量——这也是大多数人都在拼命避免发生的事情。"

爸爸抬头看着妈妈，问："你觉得呢？"

妈妈咬着拇指的指甲。"我想我们既然接受了尼普顿的命令，就要想办法建立一个人类和人鱼共存的世界，"她继续说，"如果人类可能会威胁到人鱼，我们有责任避免这样的事情发生。"

爸爸抓住妈妈的手。"我也是这么想的，"他继续说，"这大概是我们首次执行尼普顿给我们一家人的任务。"

"正是这样，尼普顿也是这么说的。"

爸爸看了看阿奇，问："你说的是什么意思？他说了什么？"

"他说，是你们一家人执行任务的时候了，他希望你能向他证明，他选择了你们一家来做这项工作是一个明智的决定。"

爸爸鼓起胸膛，坚定地点了点头。"那就这么决定了，"他说，"当然我们也别无选择。"

　　我感受到了我此刻的愉悦，从喉咙里吐出了一个兴奋的气泡，变成了我要说的话。"我们将要返回到布莱特港了吗？"我屏住呼吸问道。

　　妈妈和爸爸互相看了看，点了点头。然后妈妈转向我，"是的，亲爱的，"她脸上露出了最近一段时间难得一见的微笑，"宝贝，我们要回家了。"

第二章

　　当我们决定回到布莱特港时，我才意识到我遗忘了很多事情。我的大脑一直都在想着回家，但我却一直选择忽视它，因为我潜意识里认为这是一件不可能发生的事情。但现在，我知道这是肯定会发生了，我已经等不及要回去了。

　　现在困扰我的只有肖娜和亚伦。

　　肖娜是我最好的朋友。当我第一次入水变成人鱼的时候，我就结识了她。从那以后，他们一家人追随我们来到中心岛。现在丢下她独自离开是无法想象的事情。

　　亚伦是我最近才认识的朋友，他和我一样都是半人鱼。除了比斯顿先生，他是我见过的唯一一条半人鱼。当然对我来说，比斯顿先生根本算不上是同类。亚伦和他妈妈过去住在大海中央的一个幽灵城堡里。在亚伦戴上戒指，打破尼普顿的诅咒之后，尼普顿就让我们一起努力让两个世界和平共存。

所以如果我们回到布莱特港，我们最希望的就是去完成我们的第一次考验。

困扰我的问题就是，如果没有肖娜的陪伴，我都不知道自己能做些什么，就更别说通过尼普顿的考验了！迄今为止，她和我共同经历了每一次冒险。而关于亚伦——嗯，我不知道是否因为我们都是半人鱼，或是因为我们一直在一起玩，所以我对他有种特别的感情，现在也有点舍不得了。

我在船的下层漫无目的地游着，从船头到了船尾。我现在该做什么？五分钟前，我还在为回家的事情兴奋不已，但现在我觉得自己快被撕成两半了。

我正要让脑海中那可怜的半人鱼获胜时，船外传来熟悉的声音。我游到舷窗，是肖娜来了！她总会在关键时刻使我振作起来。

只可惜看到她的脸色，我觉得这次可能会有所不同。

"肖娜，你怎么来了？"我语气沉重。一对银色的鱼随着她一起游到了船边，在阳光下，就好像肖娜旁边跟着两枚闪亮的硬币。

"哦，爱美丽！我们刚刚从阿奇那里获知了一些意外消息。"

"是关于布莱特港的消息吗？"我的语气依旧沉重。她应该已经听说我们要离开了，这也说明了为什么她的脸上充满悲伤和不舍。

她睁大了双眼，充满了惊讶。"你怎么这么快就知道了？"

"阿奇刚刚也来过这里，她告诉了我们那里发生的事情——"

"哦，亲爱的爱美丽，我会非常想念你的！"

"我知道，"我说，"我也会想念你的，但是我们会保持联系，不是吗？"

肖娜点了点头，她强忍住了眼泪。"我希望如此，我不想离你那么远。"

"我也不想离你那么远。"我试着想说一些安慰她的话。我实在不忍心看到肖娜悲伤的样子。"希望也许有一天你也能到西普罗克去。"

肖娜皱了皱眉头。"啊？你是什么意思？"

"嗯，我特别希望你可以去西普罗克做客。我想说，虽然我们将要相隔几百公里，但是——"

"爱美丽，这也是我想跟你说的！我现在这么沮丧，是因为我们家要搬回到西普罗克了！"

我惊讶地注视着肖娜。"你要搬回去吗？但是——"

"阿奇把科雷利亚阿姨的信给了我们，阿姨说她们受到了一些骚扰，日子很不好过。我不知道具体发生了什么，但妈妈真的很担心阿姨他们家，而且阿姨说不只他们一家受到了骚扰。我妈妈说我们需要回去了。我会非常想念你的，爱美丽！"

我咧嘴一笑。"不，不，不！"

"什么意思？你为什么这么说呢？"

我轻轻挥动着尾巴，围绕着她游了一圈，然后抓住她的手，突然大笑起来，"因为我们家也要回去了！"

肖娜盯着我，"真的吗？"她满脸的不可思议，"你真的不是在开玩笑？"

"我对天发誓！"

肖娜抓着我的手。"爱美丽，这真是太好了！"她一边说，一边在水中欢快地跳着舞蹈。"我太高兴了！你也和我一样吧？"

"我也特别高兴！"我开心地说。在肖娜告诉了我这个喜讯之后，那么只剩下唯一一个问题了：我们仍然要丢下亚伦离开。

"我爸爸说我们准备周末前离开。"

亚伦和我一起坐在阳光照射的前甲板上。爸爸、阿奇以及比斯顿先生正在外面安排我们的出行计划。自从我们来到中心岛后，我的妈妈和亚伦的妈妈成了好朋友，她们现在正在金色的沙滩上散步。

我偷偷瞥了亚伦一眼，发现他正在眺望着大海，还没有回应我的话。

"这意味着下周我们就要离开这里了。"我继续自言自语，但他仍然没有回应。为了令他明白我的意思，我又接着补充，"也就是说从下周开始，我们可能再也见不到了。"

他把头转向了我，笑了笑，说："那就这样吧。"

就这样吧？就只有这句话？所以他明白了我说的话——但他应该只是毫不在意。

很好，那么我也不在乎他了。

"以后我们可能会再次相遇，但也可能不会，"我漫不经心地说，"不管怎样，祝你生活愉快！"我起身离开。我不知道我要去哪里，但我只是希望在我离开之前，他会给我期待的回应。

谢天谢地，他终于有回应了。

"爱美丽！"亚伦咧嘴一笑，拍了拍他旁边的甲板，"坐下嘛。"

我又坐了下来，双臂交叉，做出十分生气的样子。

"其实我刚刚是在考验你的。"他说。

"你这是什么意思？"

"我是故意表现出对你的离开毫不在意。"

我耸了耸肩，并不想搭理他。

"虽然说实话，我确实不是很在意。"他笑了笑，继续说。

我转了转眼睛又耸了耸肩，越发感到无聊。"我也不是很在意，"我说，"我只是想让你知道做人要有礼貌。"

亚伦突然大笑起来。"爱美丽！你还是没有明白我的意思！我不介意是因为我们家也要去布莱特港！"

我盯着他，强迫我的脸不要再做出任何反应，以免他再次戏弄我。

"我真的没骗你！"他和肖娜一样，都能看出我在想什么。

我张开双臂，耸耸肩，但是笑容已经挂在了脸上。"你们怎么也要搬家呢？"

"你妈妈昨晚过来说，你们家要搬去布莱特港，我和妈妈当时就决定和你们一起去布莱特港。"

"你们为什么要一起去呢？"我满脸疑惑地问，"在这里不是过得很开心吗？"

"我们当然很开心啊！"亚伦说，"在这里生活怎么会不开心呢？但是——"他停顿了一下，苍白的脸颊上突然露出一丝红晕。

"但是什么？"我追问。

"嗯，你应该知道的，"他转过身去，在甲板上捡了一块松动的木头，"在你们家的帮助下，我和妈妈过上了正常而平静的生活，我妈妈就离不开你妈妈的陪伴了。"

"哦，好像是这样子。"我还是很不开心，所以说只有他妈妈想和我们一起去，而不是他。

"而且——"他咕哝着，"如果你不在的话，我感觉这里也没什么意思了。"

我咧嘴一笑，问："真的吗？"

他抬起头来笑着说："当然是真的！"

我从甲板上爬起来，跳到码头。"我们一起去水里，"我走进了大海。在大腿感到刺痛发麻的瞬间，我的尾巴开始显现出来。"让我们把这个消息告诉肖娜，现在看看谁先到海滩。"

"米莉，你一定要去我们那里做客。"妈妈极力忍住眼泪，用手擦了擦眼睛。

米莉用一块很大的手帕大声地擦着鼻涕，然后把手帕放进了口袋。米莉已经决定和阿奇一起留在中心岛上了。她说和阿奇分开两周已经够长了，她再也不想两地分居了。如果阿奇必须留在岛上，那么她就在这里陪着他，多么甜蜜的一对啊。"放心吧，我会经常去做客的，直到你厌烦我。"她笑着说。她的嘴唇颤抖着，眼泪顺着脸颊流了下来。

"我们永远都不会烦你的！"妈妈笑着安慰她。

米莉再一次紧紧握住妈妈的手，然后伸出另一只手来搂着我。"爱美丽，我们抱一个。"她把我抱在怀里，紧紧地搂着我，我感觉快要窒息了。

就在这时，爸爸从水里高声喊着我们。他和比斯顿先生会一直在船边游着，陪伴我们离开海湾，通过百慕大三角区的边缘。再然后，阿奇就会安排一组尼普顿的海豚，引领着幸运号号回到布莱特港。

阿奇刚解开船上的缆绳，就游了过来，冲着我们点了点头，随即吻了一下米莉，用手轻轻擦了擦她的脸颊——把黏在米莉脸颊上的睫毛膏拨弄了下来。他又转头看向我们，说："祝你们一路顺风。"

我们就这样离开了，再次扬帆起航，向布莱特港驶去。

第三章

　　随着视线中的布莱特港越来越近，我越发紧张了，等待我们的会是什么？虽然我心里明白所有的一切都变了，但还是期望着这里的一切都和我们走的时候一样。我们已经离开六个多月了，这中间发生了太多的事情，以至于我从没想过还能回到这里。

　　但我们真的回来了。海豚把我们引向海湾，我已经能看到远处的城镇了。首先进入视野的是我们家曾经生活的港湾，港湾旁边的步行街有着一排排商店和宾馆，步行街的尽头是曼迪·拉什顿家的游乐园。

　　哦，说起曼迪·拉什顿，我好像早就把她忘了，刚刚突然想起她的时候，我又忍不住反胃了。她以前经常嘲笑和欺负我，但今年我们在中心岛再一次相遇时，我们却成了朋友，就像我们刚认识时一样。但是因为他们一家人在中心岛上看到了不该看的东西，尼普顿给他们一家人服用了一种失忆药剂。我不知道她是否会记得我们曾经是朋友，还有那些神奇的人鱼和海怪。

但我知道很快就会了解这件事的。

亚伦和我一起登上了甲板，惊奇地望着布莱特港。"那是什么？"他指着海湾里一个巨大的空中铁环问。虽然之前我也没见过这个东西，但阿奇早就告诉过我们了。

"那是'海妖'吧。"我顽皮地说。

亚伦睁大眼睛，露出了不可思议的表情。

"哈哈，我是骗你的。"我笑了，"那是过山车，就在曼迪家今年新建的主题公园里面。"

"它真是太酷了！"亚伦仍旧带着一种怀疑的目光看着我。他与我和肖娜玩的时候，学会了"酷"和"娘娘腔"这两个词——虽然他的发音依旧很不自然。因为长期居住在与世隔绝的城堡中，这世界上好多新鲜事，他都没有接触过。他现在就和小孩子一样，会对类似过山车这样有趣的东西感到兴奋，因为他从来没见过这些东西。

就在这时，爸爸从水里探出头来。他和比斯顿先生拉着我们进入海湾，这是我们一致同意的方案，因为这样至少不像一群海豚拖着一艘奇怪的大船那么震撼。在到达布莱特港前，我们并不想引起太多的注意。

"我们快到了，"爸爸向我挥了挥手，"去通知你妈妈准备着陆，我们的船将停泊在附近的一个码头上，大概就在你们过去住的附近。"

我瞥了一眼临近的海岸线，赶紧向房间走去。我依旧有些反胃，就像有虫子在我的肚子里一圈一圈地追逐着。迎接我们的会是什么？是把所有问题解决掉还是制造一场更大规模的灾难？我们现在已经没有回头路了。不管怎样，我们一定要找到答案。

"杰克当然希望她去西普罗克学校啊，但是我想让她回到布莱特港中学。"妈妈给自己和亚伦的妈妈各自倒了一杯茶，她们俩正在规划我们的新生活。

亚伦和我一起下棋。我最近和他学会了下棋，虽然他学习了很多年，但很遗憾从来没有人和他一起玩。他又赢了，他总会赢的——除非他故意输给我。

他和他的妈妈住在海滩前面的一间小屋里。那边都是渔民小屋，所以破破烂烂的，并且屋里弥漫着些许的鳕鱼味，但因为是租房的旺季，他们依旧花了一大笔钱。比斯顿先生与渔民联络人谈了谈，帮助他们家减免了一些租金，租期为一年。

"我不知道该让亚伦去哪里，"他的妈妈思索了一番，"人鱼学校虽然是很好的选择，但是我更愿意让他有机会与同龄的普通男孩交往。"

她瞥了我们一眼。"我指的是人类男孩。"她很快补充道。

亚伦放下了他手中一直拿着的主教。这让我很高兴，因为我觉得他会用主教吃掉我的王后。"就没有人问一下我们的想法吗？"他替我问出了我的心里话。

"是我们要去上学，"我补充说，"那我们不应该发表一下意见吗？"

"你当然可以随便说，"妈妈回答的声音有点尖锐，好像很生气的样子，"但依旧改变不了我们的决定。"

"为什么？"我跳下椅子，生气地看着妈妈。

"因为我们是你们的父母，你们必须听我们的。"妈妈厉声说。也许在亚伦和他妈妈面前，我同她的争吵会让她觉得更难堪，但是我一点都不在乎。他们规划的是我和亚伦的生活，所以那些决定对于我们两个来说都是不公平的。

"去年在学校里受欺负的又不是你！"我满脸愤怒地说，"你也不是一条半人鱼！有这样和人鱼一起上学的机会的人又不是你！将来要学习如何和他们相处的又不是你！你怎么能代替我们做决定？"

他们三个都惊讶地盯着我，张开嘴巴，眼睛睁得大大的。我觉得我的演讲已经到了最激动人心的部分，但我不知道接下来会发生什么。幸运的是，亚伦帮我说话了。

"对，她说得对，"他慢条斯理地对两位妈妈说道。"这是一个有关我们人生的重要决定。那我们为什么要这么着急地做决定呢？"他环顾了一下我们三个人。"折中一下怎么样？在我们安顿好之前，夏季学期还剩下的几周，我们先去西普罗克上学，然后暑假时再商量好吗？"

妈妈和亚伦的妈妈互相看了看对方。妈妈沉思了一下说："这样也好，这个学期也没剩几周了。"

亚伦补充说："这样我们就有时间考虑得更长远一些。"

妈妈看着我，说："我们先看看你爸爸怎么说。"

我很开心，因为我知道，爸爸绝不会让我去布莱特港中学的。那么问题就解决了，我又可以去人鱼学校了，而且还有更好的消息，过几天肖娜也会去那里上学。我的整个身体都放松了下来，我意识到了自己对回到布莱特港中学的忧心，毕竟我还没准备好从中心岛回到一个曾受欺负和嘲笑的地方。

亚伦移动了他的骑士。"将军，"他笑了笑，"对不起，你输了。"

但他错了，我并没有输。因为我又回到了布莱特港，还能和我最好的两个朋友一起去人鱼学校上学。"不，我没有，"我冲他露齿一笑，"赢的是我！"

刚来到西普罗克学校时，学校里一半的学生都围着我们。他们中的大多数人都是直奔肖娜而去——当她出现时，美人鱼们都拥抱着她，高声尖叫。当她向大家介绍我们时，人群的目光也落在我们身上，提出了各种问题，并欢迎我们来到学校。这种认同感，简直同我一直对布莱特港中学的害怕相差甚远！

这里绝对是我们的归属地。

上课铃响了，我们跟着大家走了进去。

几个男孩把亚伦拖到他们的队伍里去了。

"午饭时间见！"我冲着亚伦大声喊着。他的年龄比我和肖娜大一点，所以在高年级。我指着操场的另一边，"在那边闪亮的岩石上碰面。"

亚伦点点头，游了过去。看着他游走，我有一种奇怪的感觉。因为自从回到布莱特港，我们一刻都没分开过。

"走吧，你会在大约两小时后再次见到他，"肖娜扯着我的手臂，"你是在想你能否活到那个时候吗？"

"你瞎说什么！"我勉强地笑了一下，"我不是这个意思，我是说，嗯，我只是觉得——"

"不管怎样，接下来是属于我们两个人的私密时光了，"她说，"感觉我们两个人很久没有单独在一起了。"

"是的。"我又望了望亚伦。亚伦游到了隧道的边缘，环顾四周，然后向我挥了挥手，在他消失在隧道之前我也挥手示意。

肖娜叹了口气。

"我只是担心他，"我为自己的行为做着解释，"因为他以前没上过学。"

"嗯，是的，是的。随你吧，"肖娜游走了，"反正我要去上课了。"

"嘿！等等我！"我转动尾巴，游过去追上了她，加入我们班级的队伍里。我们在岩石间互相追逐，飞快地穿过周围成群的白色小鱼，就像穿梭在飘落的雪花中一样，我们像从前一样，一路有说有笑。

但是，事实证明，一切都不会像过去那样了，我们很快就再也笑不出来了。

肖娜、亚伦和我一起坐在闪亮的岩石上吃着午饭，交换我们第一天早晨美妙的经历。亚伦的眼睛闪烁着兴奋的光芒，因为他第一次上海难研究课，他觉得学习这些新知识十分有趣。

我们上的是美貌和仪态课——这是肖娜最喜欢的课程。我们自己做了一对月亮和星星样子的小东西，装饰了我们的梳子。肖娜喜欢一切可以让她变得更加美丽的事物，她长大后想成为赛伦的一员。她最喜欢的事情就是唱歌，这也是赛伦最擅长的。

"这块石头通向哪里？"亚伦问，向上望去。石头像一座方尖塔，又高又大，它被称为闪亮的岩石，因为太阳光照在它上面，使它成为操场上最明亮的部分。

"它的顶端直达水面，"肖娜回答，"这是学校里面唯一一个超出了水面的东西。"

"这也太震撼了！"亚伦充满惊奇地说，肖娜和我都笑了。但他没有理会我们，"我们能看得见它的顶端吗？"他开始沿着岩石向上游去。

肖娜低头看了看海底，那里是学校唯一能显示时间的地方。

一个古老的船锚被做成了日晷，整个白天都有光照在它的上面。

"我们大约还有半个小时才上课，"她说，"但那里是禁区，我们真的应该——"

我悄悄地环顾四周，"趁现在没有人看到。"我摇动着尾巴，跟着亚伦向上游去。他的激情也点燃了我。"我们就去看一下，很快就会回来的。"

肖娜摇摇头，笑了笑，"你都把我带坏了！"她摆动着尾巴跟了上来，"那我也一起去吧。"

我朝她笑了笑，肖娜其实比我更抵抗不住冒险的诱惑。

我们沿着岩石游了大约五分钟，光线越来越明亮了。一条有着蓝色眼影的橘色小鱼茫然地凝视着我们，一条又长又绿又黑的鱼和我们一起游着，断断续续地往上游。最后，我们到达了水面。岩石冲破了大海的顶部，就像火箭冲破云层那样。

水面之上的岩石凹凸不平，我们好像到达的是月球表面。亚伦离开水，坐在岩石边上。他的尾巴不断摆动闪烁，然后消失了。他伸手把我拉到岩石上，我坐在他的旁边，等待着双腿变回原样，肖娜也游到我们身边了。她停靠在岩石的边缘上。"嘿，你们别消失不见了，好吗？你们知道我不能和你们一样上岸！"

"我们不会抛下你的。"我说着站了起来，往岩石上爬。

"我们就是想看看周围的情况，"亚伦补充说，"两分钟后回来。"

　　说实话，这确实是我们本来的计划——直到亚伦滑倒，腿被卡住。

　　我听见他的叫声从锯齿状山峰的另一边传来，然后看到亚伦正紧紧抓着他的腿。

　　"你还好吗？"

　　"卡住腿了，我动不了。"

　　我慢慢地沿着岩石往下走，他的腿卡在两块外伸的岩石中间。他痛苦地说："我的脚滑了一下。"

　　我试图把他腿上的石头推开，但岩石纹丝不动，我又赶忙去拉他的腿。

　　"啊！别这么做，很疼的！"

　　"那我们要怎么办？"我有点着急地问道。

　　"爱美丽！亚伦！"肖娜从岩石的另一边喊，"我们需要回去了，上学时间来这里就是个错误。"

　　"你先走吧，"亚伦垂头丧气地说，"我们没必要一起陷入困境。"

　　我摇了摇头，说："我不会离开你的。"

　　"爱美丽？！"肖娜又叫了一声。

　　我跑回了岩石的顶部，冲着肖娜喊道："亚伦的腿卡住了。"我正要喊她赶快回到学校，突然从下面传来了其他人的声音。

　　我们还没来得及躲藏，一个脑袋就出现在肖娜旁边。更准确地说，是校长沙克泰尔夫人的脑袋。虽然我还没有见过她，但已经听过很多关于她的负面新闻。我们本来约好了上午和她见个面，但因为她有重要的客人，所以见面会取消了。

她现在应该正在和重要的客人在一起——那是两个男性人鱼和一个女性人鱼，他们都穿着正装，皱着眉头，十分不愉快。

"这里就是发生小型滑坡的地方，"她向贵客介绍，"就在大约五天前，你可以看到——"她突然停了下来，她发现了肖娜！

"肖娜·斯克芬！你在这里干什么？"沙克泰尔夫人尖叫道，声音中透露着愤怒。

"是我的错。"我很快打断了她的话。我不能让肖娜在回来的第一天就陷入麻烦，尤其她还在一直催促我们回去。"是我想上来的，但是肖娜不愿意。"

校长斜着眼看着我。"你是新来的女孩，对吗？"她张开嘴想要说些什么，但突然伸出一只手捂着自己的嘴，十分恐惧。她用另一只手指着我的腿，问："那是什么？"她带着厌恶的表情尖叫了起来，就好像我是一只巨大的蜘蛛。

我突然有一种感觉，那就是我可能遇到了最坏的情况。

"嗯，它们是我的——"我试着想出另一个"腿"的替代词，这个词可能更适合安慰现在的她。

还没等我思考，亚伦突然跑到岩石的顶端，十分兴奋地尖叫着："我终于出来了！"然后他突然看见沙克泰尔夫人，脸上的微笑瞬间消失了，好像被巨浪冲走一样迅速。

她厌恶地看了他一眼，又喘了一口气。"你们两个，现在来我办公室！"她生气地吼着，然后消失在水面上，她的客人跟着她一起离开了。

亚伦跳进水里。"我们做了什么？"他问道。

"你问的是，除了偷偷跑到这里，我们还做了什么？"我略带无奈地说。

肖娜摇了摇头，说："我认为可能还有更多的原因。"

"什么原因？"我疑惑地问。

"就是这个地方的规则，愚蠢的规则。"

我跳进了水里，几乎没有察觉到尾巴出现时的刺痛感。肖娜话语中关心的语气让我产生了忧虑。"肖娜，到底是什么啊？"我继续追问，"你就快告诉我们吧！"

"那个愚蠢的规则就是，人类是不允许来到这个学校的。"她简单地说。

"但我们不是完整的人类，"亚伦说，"我们在水里时就会变成人鱼。"

"我知道这一点。虽然不久之前半人鱼在这里是畅通无阻的，但听我姑姑昨天晚上提起，这里的情况已经变得很糟糕了。唉，我怎么就没早一点想起来呢。"

"想起什么？"我问道。

"人鱼们正在加强规则的束缚，变得更加反人性。"

"但是我们不是——"亚伦说道。

"我知道，"肖娜又说道，"但我知道他们想做什么。这也是沙克泰尔夫人一直想做但学校理事会没有同意的事情。因为最新的势态，她的提议再次占据上风。"

"她要怎么做？"亚伦问道。

"她打算让校规变得更严格，"肖娜阴郁地说，"如果我的猜测正确，我敢跟你打赌学校刚刚有了新规定。"

"什么规定？"虽然她要说什么我已经猜到一部分了，但我还是希望我猜错了。

肖娜内疚地看着我，也证实了我的猜测，"学校不要半人鱼"。

"孩子们，现在我希望你们认真听我接下来说的话。"沙克泰尔夫人取消了下午的课程，将全校师生一起聚集在主议事厅，召开一个特殊的午后会议。

我猜我们坐的是"专座"。

我环顾四周，一百多条人鱼女孩和男孩都好奇地盯着我们。我避免直视他们的眼睛，尽力把注意力集中在周围的柱子上、闪烁着紫绿色光芒的水里以及主议事厅两侧的巨石上面。

"众所周知，我们是一所传统的人鱼学校，"沙克泰尔夫人高声说道，"我们有传承已久的校规，老师们尽其所能教育着学生，让大家都可以快乐地成长为有能力的人鱼。是这样吧，我们的老师们？"

她向教室一侧排队的老师们望去，老师们都热切地向她点头。

"我相信所有人都知道，我们的城镇最近正在遭受西普罗克镇外人类的侵扰。"

我不知道她话中说的是不是我，但我敢肯定她说"人类"这个词时，就像有什么恶心的东西卡在她的喉咙里一样。

"他们正徘徊在西普罗克的边缘地带，像小偷一样闯入本不属于他们的地区，逐步蚕食着我们的小镇。在这个时候，我们更要保护我们的城镇。大家都同意吧？"

没有人会不赞同她这番慷慨激昂的陈词。虽然人类是在破坏西普罗克，但是比斯顿先生已经做过调查，有一件事他是十分确定的，尽管房地产开发商的项目距离西普罗克非常近，但他们并没有得到任何关于人鱼的暗示。

前一天晚上，比斯顿先生给我们看了他所谓的"临时调查结果"。很显然，布莱特港市政当局正计划开发新房产，但他们发现了地面下方存在薄弱地带。通过进一步调查，他们发现计划开发的土地下方是大量可观的洞穴和隧道。

他们唯一不知道的是，这些一望无际的隧道中，有一条直通西普罗克。

在市政委员会商讨决定下一步该怎么办时，房产的开发工作暂停了。他们打算要么把洞穴都填满，使地面保持稳定，按照原来的计划继续开发；要么改变方案，打通洞穴，凿开隧道，使它们成为一个旅游景点。

无论哪种选择，都给西普罗克带来灾难。

第一种方式可能导致大规模的水下崩塌，甚至会摧毁整个城镇；第二种方式肯定会导致西普罗克被发现，这意味着这里的居民会面临恐怖的未来——成为"怪物"给人类进行表演，或是永远离开他们的家。

目前临时调查的结果并不乐观。

所以，沙克泰尔夫人就更有理由讨厌人类了。虽然她并不知道布莱特港的确切计划，但她能感觉到事情的影响——西普罗克的其他人也一样能感觉到。

"好了，安静一下，"沙克泰尔夫人微笑着环顾四周，继续说着。她的嘴就像一条锯齿状的裂缝挂在脸上一样，向着两侧弯曲。"这样的话，大家就会明白，为什么我们最近严整了校规。"

肖娜是对的，亚伦和我违反了这些校规。

她继续说，"对于我今天早些时候的新发现，你们肯定会和我一样感到恐惧。"她朝我们的方向游了几下。

每一双眼睛现在都转向了我们。

"人类！"她尖叫着，恐怖的语调就像毒蛇流尽了毒液后发出的声音一样。

她的厉声指责被一个小细节缓解了：事实上，我和亚伦在水中的时候和其他人是一样的状态。我注意到了一些女孩困惑的表情。

"好吧，确切地讲他们现在不是人类状态了！"她厉声说道。"但他们是半人鱼。"她用大家早已厌倦了的语气大吼。

"想一想我们甚至都不知道，半人鱼来到了我们的学校。但是大家都很幸运，现在这个问题已经得到了解决。"

这个问题已经解决了吗？她说的是我们？我们可不是需要解决的问题。我已经受够了她的这副嘴脸了，我觉得应该说点什么。就像当初从监狱里救出我爸爸的时候，我能在法庭上直面尼普顿，那么我现在也可以大声说出自己的想法。

"错的不是我们，"我的声音比我预期的要小得多，我还是有些胆怯，我清了清嗓子，继续发言，"半人鱼没有违犯任何法律，尼普顿甚至改变了婚姻法。他希望人类和人鱼能够和平相处！"

随着尾巴一抖，沙克泰尔夫人冲到了我的面前，对我咆哮着："我让你说话了吗？！"她随即转身面对整个学校，"严格来说，半人鱼确实不违法，"她说，"不过，在学校里是我说了算，我规定半人鱼违反校规。"她补充道，"在这样的危急时刻，当我们的生活受到人类威胁时，执行更加严格的校规比以往更重要。"

她转向我和亚伦，说："从这现在起，这所学校不欢迎你们，快滚吧。"

我们互相怒视着对方。然后在我们提出任何疑问之前，她又恶狠狠地说："现在给我离开这里！"

一阵骚乱从大厅后面传来。是肖娜！她推开班上的其他同学来到我们身边。"不，肖娜，不要这样！你这样也会给自己带来更多麻烦的。"

我抓住亚伦的胳膊。"我们走吧，"我瞟了一眼沙克泰尔夫人锐利的目光，"我们早该意识到自己不受欢迎了。"好吧，很显然这不是最聪明的反驳，我想不出别的话，虽然我也想尽力去反驳。

我们游离了议事厅，学校里的每个人都目送我们离去。我甚至感觉曼迪·拉什顿都没让我这样丢脸过。更糟糕的是，你知道我在路上听到了什么吗？是掌声！沙克泰尔夫人是最开始鼓掌的，我没有环顾四周，因为我不想看到还有多少人在鼓掌。

"现在怎么办？"亚伦和我在彩虹礁边停下来休息。

我强忍住哭泣的欲望，我实在不想让亚伦觉得我很软弱。但是眼泪始终在眼眶里打转，我的喉咙也很难受。我怕一开口眼泪就会流下来，仅仅对他摇了摇头。

"我是说，这一切都是真的吗？"亚伦问道。他的声音让我的眼泪顺着脸颊缓缓流淌。

"嘿，别哭了，爱哭鬼。"他用轻柔的声音说着，但这只会让我哭得更厉害。他伸出一只手，想要擦去我脸上的泪水。但他的手只是在空中挥动了一下，踌躇了，还是让我的眼泪掉了下来，我注意到他的脸颊变红了。

"我们想让人类和人鱼和谐共存，"我用嘶哑的声音说，"如果连人鱼都不愿意理解我们，我们怎么有希望去完成这个任务？"

"我知道，"他说，"我觉得我们的工作可能比想象中的要困难许多。"然后他又伸出手来，这次他没有犹豫，把瘦长的手臂搭在我肩上，轻轻拍打着我。这种感觉怪怪的，但好在它让我不那么想哭了。

"走吧，"我过了一会儿说，"我们回家把今天的事情告诉父母吧。"

亚伦回到水中，我跟着他跳进了水里。当我们慢慢游回去时，我希望妈妈或爸爸会有下一步的计划。如果他们没有计划，我在布莱特港的生活将难以想象。

第四章

　　在回布莱特港的路上，亚伦向我问起了布莱特港中学。我不知道能跟他说些什么，虽然我想告诉他这个学校很大，但当我张开嘴想找些词语来形容它时，我所能想到的只有一件事，或者更确切地说，是一个人。

　　"如果我们去布莱特港中学上学，我最好提前给你介绍一个人，"我脸色忧郁地说，"而且你很快就会见到她的，所以你最好准备一下。"

　　亚伦缓慢地游在我身旁，一群浅黄绿色的鱼围绕在我们的身边，好像我们缠上了一圈一圈的海草。"谁？"他疑惑地问。

　　"她叫曼迪·拉什顿。"

　　亚伦的眼睛亮了起来。"就是帮你从海怪手里拯救了所有人的那个女孩？我记得你曾经跟我提起过她。嘿嘿，还不错啊，现在我们至少知道，布莱特港中学有个朋友在等着我们。"

我笑着吞下一升海水。"嗯，确切说，完全不是这样，"我说。然后我描述了曼迪过去在学校里对我做的事情。比如，她怎么给我取外号来嘲笑我，并试图让我与老师产生矛盾。

"但你们后来不是在中心岛成为朋友吗？"

"嗯，是的，但事情并非那么简单。"我告诉他，尼普顿在他们离开中心岛时，给所有的人类服用了失忆药剂，所以他们不会记得人鱼和海怪。

"你认为失忆药剂会让她忘记你们曾经是朋友吗？"

"我觉得是这样。"

"那有没有可能，失忆药剂的功能不包括这一点，她现在仍然把你当成朋友？"

我自己也在想同样的事情，但并没有对此抱太大的希望。"我们很快就会知道的，"我说，"但以防万一，我还是想提醒你一下。"

一条银尾鱼和我们一起游在寂静的路上，它像一把利剑，分割着海底的沉默和忧郁。

"杰克，我要你马上去西普罗克学校问问他们为什么这么做！"

我们坐在船的甲板上，妈妈们在大发雷霆："我们的孩子和其他孩子一样，同样有上学的权利！"

爸爸在我们下面的海里，沉默地从船头游到船尾，又从船尾游到船头。尽管他的工作都在按照计划进行，但当我发现他和我一样对我的未来感到踌躇时，我仍旧很高兴。去年我第一次见到他时，我就觉得我们两个有很多共同点。

"事情没那么简单，"他说，"我的意思是，他们有自己的规则和——"

"规则？当规则非常不公平的时候，你还会在乎它？"妈妈生气了。

爸爸游到了船的旁边，试图去抓她的手。但她双臂交叉，不为所动。

"佩妮，我现在在为尼普顿工作，"他说，"不能再像以前那样任性了。"

"而且事情也不再像以前那样了。"

"不，"她大声地说，"事情还都一样。"

爸爸握住她的手，"好了，别这样，"他说，"我和你一样愤怒，但我觉得我们应该认真对待这个问题。"

妈妈生气地抽出她的手，转过身体，"你大概忘了吧，是你的国王尼普顿，让我们离开美丽的中心岛，让我们去帮助人与人鱼和谐共存的！他说这将是对我们的第一次考验，你记得吗？你现在却想着什么也不做，而是让我们的女儿在整个学校丢脸？这件事已经很清晰地表现出了人鱼世界对人类的看法。你这样做对得起你那尊贵的国王吗？"

妈妈的脸色变得绯红，她为什么这么生气？她甚至没有第一时间想到，让我们去西普罗克高中只是一个选择！

"这是原则问题。"她厉声说道，仿佛她已经读懂了我的心。

爸爸的脸几乎和妈妈的一样红，但那是羞愧的红色。我心里祈求爸爸不要争辩，我再也无法忍受他们的争吵了。他们上一次吵得那么厉害，还是第一次到达中心岛的时候，那次他们几乎快要分手了。

"别生气，我明白你想说什么，"爸爸羞愧的表情消失了，平静地说。"但我们得小心行事，我其实也不想无所事事地坐在这里，西普罗克高中应该是爱美丽接下来的选择。"

"还有亚伦。"我补充道。

爸爸点了点头，说："对，还有亚伦。我会去做点什么的，但我想先确保我们做的一切都是正确的。如果我们把女儿的事情控诉到法院，对我们的接下来的工作有什么帮助吗？"

妈妈又慢慢后退了一步。

爸爸再次试着抓住她的手。"来吧，佩妮，我们是一个团队，我们必须一起解决这个问题。这也是尼普顿指引我们做的事情。"

妈妈重重地叹了口气，然后坐在甲板边上，握着爸爸的手。"我想你是对的，"她勉强地说，"你说得很合理。"

"合理？为什么是合理的？"爸爸问道。

"看看我自己吧，我是谁？我只是一个普通人。我凭什么就认为我能在人鱼和人类之间架起和平的桥梁？我们应该告诉尼普顿，让他选择其他人。"

"玛丽·佩内洛普，你到底在说什么？"

哦，天。爸爸喊她的全名了，他只有在很严肃的场合才会叫她玛丽·佩内洛普的。该是我插话的时候了。

"听着，我不介意这些事情，"我说得很快，"我很乐意去布莱特港中学，亚伦也是，我已经把这件事告诉他了。我们为什么不能把这件事忘掉，然后像什么都没发生过一样继续生活呢？我们一家人开开心心地在一起，这才是真正重要的，不是吗？"

妈妈低头看着甲板。摇着头，咕哝着："这不是重点。"

现在轮到爸爸叹息了："如果这不是重点，那什么是重点呢？"

妈妈还在低声咕哝着什么。

"你在说些什么？"爸爸的声音里透着一股不耐烦。

妈妈抬头看了看他，一滴眼泪顺着她的脸颊滑落下来。"我的父母。"她麻木地说。

爸爸伸手摸了摸她的腿。"哦，佩妮。"他轻轻地安抚着妈妈，妈妈也忍住了哭泣。

"哦，对啊，我怎么没有意识到这一点？"我说，"那他们现在在哪？我还以为你有好几年没见到他们了。"

"你说得对啊，我确实很多年没有联系过他们了！"妈妈木然地说，"这也就是我说的重点！如果连我自己的父母在十年内都没有和我说话了，让我去建立两个世界之间沟通的桥梁，有多大的机会能成功？我觉得尼普顿挑错人了！"

她用双臂环抱住膝盖，大哭起来。

我不忍心看到妈妈哭泣的样子，这感觉就像是有人在用刀子捅我。我伸出手去碰了碰她的胳膊。"妈妈，没事的。"虽然我觉得这样完全没用。

她摇了摇头。"不，不，"她跪着说，"我现在一点都不好，事实上，我现在和你一样感觉很不开心。"她握住我的手，微微笑了笑。"但是依旧谢谢你的努力，小甜心。"

我想爸爸一定觉得他和我一样没用，因为他也想不出任何能安慰妈妈的话。妈妈哭的时候，他就只能一直抚摸着她的腿。

我们一起坐着，静静地喝着茶，虽然沉默是这个世界上最不开心的事情，但总好过流泪吧。我们开始讨论现在的情况，并最终做出了一个决定：我不必现在就去布莱特港中学上学。

因为夏季学期只剩下几周了，所以妈妈和爸爸同意我可以等到九月再去上学。这至少意味着我不必担心在那里受到同样的羞辱——不管怎样，如果有羞辱的话，那也是一段时间之后的事情了。

我们谁也没有再提起我的外祖父母，虽然我很想去看看他们。但是现在妈妈提起了他们，她以前从来没有谈起过他们，我也就从来没有问过。除了去年在大人鱼礁，当她记起了一切的时候，向我描述了外祖父母现在的情况。因为她嫁给了一个人鱼，外祖父母几乎跟她这个女儿断绝了关系，但那些都是过去的事情了。事实上，现在的我依旧对他们一无所知，包括他们是什么样的人，以及在他们关系变差之前，他们之间相处得怎么样。我想知道关于他们的一切，但现在明显不是问这些事的时候。

"我可以去亚伦家吗？"我把我的盘子端到了水槽里。我想知道他的妈妈对他说了些什么，以及他们现在的打算。希望他的妈妈能和我的爸爸妈妈做出一样的决定，这样我和亚伦就可以一起享受几周的假期。这对于我们来说，被赶出人鱼学校的事情可能就不会那么糟糕了。

我突然觉得十分内疚，因为我意识到，每当我空闲的时候，总会第一时间想到亚伦，而不是肖娜。是我不再珍惜和肖娜的友谊了吗？我是一个差劲的朋友吗？

这两个问题我目前都回答不了，而且我也不能去问其他人。我只好把心里的罪恶感撇开，出门玩去了。

我走上码头，沿着海边栈道走向亚伦和他妈妈住的小屋。这时一个熟悉的身影刚好绕过了拐角。哦，是曼迪！这时间赶得可真巧。

她低头看着地面，还没有发现我。我屏住呼吸，静静地等着她靠近。也许她会直接从我身边走过，甚至不会注意到我吧？

就在我们擦肩而过时，她突然抬起头来。大约过了一毫秒，她的眼睛亮了起来。她看上去好像要开心地笑了，我也开始准备微笑。太好了，她还记得我！

然后一瞬间，她的表情又回到了我更熟悉的那种冷笑。"嗯，看看大海给我带来了什么。"她背靠在墙上。通过这句话，我心中美好的希望像一块石头在浑浊的大海中沉没了。

"你好，曼迪。"我闷闷不乐地说，继续往前走，此刻我可没有心情听她奚落。我以为她会跟在我后面，但她并没有这样做。我回头瞥了她一眼，然后继续向小屋走去。她还一动不动地站在那里，盯着我看。然后她摇了摇头，转身朝码头走去。我猜情况可能更糟，不过，如果我们之间的关系能很快有进展的话，那就再好不过了。

我走进了小屋里，亚伦看见我就咧嘴一笑。"你猜怎么样？"他开心地说，"妈妈让我下学期再去布莱特港中学！"

"太棒了，我也是！"

生活终于又回归正轨了。

"我们走，"亚伦和我一起出了门，"我妈妈在看电视，我们去散散步吧。"

我笑了笑，说："我不认为你妈妈是那种会看电视的人。"

"我们以前从来没有看过电视，所以这是她的新玩具，她尤其迷恋智力竞猜节目。她说从节目中学到了各种各样的东西。

你瞧，《谁想成为百万富翁》刚刚开始播放，她甚至都不会注意到我走了！"他把头伸进屋里，大声喊，"我要和爱美丽出去玩了，妈妈！"

"不对，应该选 B，这个白痴！"她冲着电视说着。

亚伦笑了，把门关上。"你看，跟你说过的！"

我们沿着海滩散步，太阳也慢慢落山了，夕阳映照在大海上，我们的脸都照得红红的。我和亚伦愉快地聊着天，说着各种稀奇古怪的事情。我脑子里塞满了这一天发生的事情，很难将全部精力都集中在他所说的话上。

"那些事不会使你心烦吗？"我打断了他的话。

他转向我，"什么事？"

"就是今天发生的那些事。"

亚伦耸了耸肩。"我不知道，"他说，"当然，在某种程度上会有些影响，不过我是真的不介意。一方面，我现在的生活比以前要好一百万倍，以前我能做的只是在黑暗的幽灵城堡里与我妈妈做伴。"

"那另一方面呢？"我提醒他。

他边走边踢着沙子，低头说道："嗯，你知道的，我已经和你一起待了几周。"他咕哝着，然后他抬起头来，"我的意思是，你没有必要把所有的时间都花在我身上，你应该在这里有很多朋友吧。"

突然，我意识到我和亚伦有着同样的感受。"事实上，对我来说，和你在一起也是最开心的事情。"我害羞地说，我感到心里有一点小小的颤动。我这是怎么了？我和其他朋友之间从来没有这样的感觉。亚伦和他们有什么不同吗？

"来吧，"我脱下了凉鞋，沿着海滩奔跑，"一起去码头吧。"

亚伦也脱下凉鞋，我们跑过了沙滩。这一天的阳光依旧温暖，即使没有像在中心岛上一样将整个身体融进沙滩中，但沙子柔软的触觉让我想要不停地跑下去。

除非遇到了什么可恶的人。

"好吧，原来你又认识了一个小朋友。"曼迪站在码头，双臂交叉，脸上带着嘲笑。她一定在暗中监视并跟踪我们。她想要做什么？

亚伦大步走到她面前。"你一定是曼迪吧。"他盯着她的眼睛说。

曼迪的眼神有一瞬间的慌乱，她显然没料到事情会这样。不过，她恢复得很快。"啊，原来打鱼的女孩跟你说过讨人厌的曼迪·拉什顿的故事啊？"她用一种嘲弄的语气说道。

"实际上，她从来没讲过你们的故事，"亚伦回答说，"她甚至认为你可能记得你和她在一起做过什么——"

"亚伦，不。"我上前一步把他推开。

他疑惑地看着我，问："为什么？"

曼迪也在看着我，她的表情有一点点变化——冷笑中透露着一丝怀疑。"一起——做过什么？"她的声调稍不那么刺耳了。

"没什么，"我说，"算了，亚伦，我们走吧，她不值得你这么做。"

我以为她会跟踪我们到海滩，这样她就可以继续嘲弄和侮辱我们了。但她没有跟来，而是木然地待在原地。"别逃跑，"她在我们后面叫道，"你就像个胆小鬼。"我们没有回头，她也停止了辱骂。

"好了，我们从那边下到海滩会轻松一些。"我们走到码头的另一边。

"谢谢你为我做的事情，亚伦。"

"别傻了，"他说，"不管怎样，现在你知道她是什么样子了吧。"

我点了点头。是的，至少我弄清楚了，她已经忘记了一切。

一觉醒来，我的心情有点沉重。我这是怎么了？

然后我想起了昨天发生的事情。哦，是的，所有那些不愉快的事情。

妈妈和爸爸坐在大厅，那里有我们家最大的活板门。他们坐在一起，妈妈的脚悬在水面上，爸爸的尾巴来回摆动着。

"早上好，小宝贝。"妈妈说。

爸爸也把头抬起来，"早啊，小家伙。"

我和他们并排坐在一起。"发生了什么事吗？"

妈妈摇了摇头。

"还是昨天那些事呗，"爸爸轻轻地摇了摇头说，"你妈妈想她的父母了，她现在有点伤心，但一切会好起来的。是吧，亲爱的？"他抚摸着她的膝盖温柔地问。

也许通过这次机会，我能了解更多关于外祖父母的事情。

"妈妈，"我小心翼翼地问道，"我的外祖父母是什么样的人？"

妈妈把悲伤的目光转向了我，她张开嘴，但还没来得及回答，门外就传来急促的敲门声。

"不要紧张，是我！"一个不请自来的脑袋在门前晃来晃去，是比斯顿先生。"我来叫我的同事一起去值班，哈哈。"他对爸爸眨了眨眼睛。既然他们两个现在都一起工作了，那么在他的潜意识里，显然认为我们应该始终欢迎他。而妈妈和爸爸似乎表现得不再讨厌他了，但当他在场时我还是很紧张。

"进来吧，查尔斯，"妈妈对他说。"水壶里的水刚刚烧好，如果你想要喝茶的话，自己动手。"

比斯顿先生搓着双手，在我们的橱柜里翻出一袋茶和一个精美的杯子。"太好了，"他说，"我就知道你们不介意我这么做。"

他端着泡好的茶来到大厅，坐在狗耳朵样子的沙发上。"我没有打搅到你们吧？"他用不经意的口吻问着。

当然打扰了，你打扰了我们的整个生活！

"佩妮刚要说起她的父母。"爸爸说。

出于某些原因，比斯顿先生笨拙地倒在沙发上，我猜他一定是坐在了一个松动的弹簧上，我也觉得这个沙发极为不舒服。
"哦，好吧，看来我出现的不是时候，那你们继续吧，我出去逛
一圈再回来。"他说着就站了起来。

"别说这种傻话了，比斯顿，"妈妈轻柔地对他说，"你现在
也是我们家的一员了，快坐下。"

幸好我没喝酒，否则我就要生气地喊出来了。他是我们家
里的一员？我可不这么认为。

"我想告诉爱美丽更多她外祖父母的事，"她说，"你不是也
知道一些吗？你也帮忙补充一点吧？"

"我？"比斯顿突然咆哮起来，几乎把茶倒在他的腿上。"我
能告诉你什么？我什么都不知道！"他的脸几乎变成紫色，看
上去比平常的时候更加令人厌恶。他这是怎么了？

妈妈没有理睬他，把头转向了我。"你还记得我跟你讲过的
吗？就是他们搬走的原因？"

"他们认为你疯了，因为你告诉他们你爱的是一条人鱼。"

妈妈点了点头。"对，而且他们想让我去看医生，让我停止
这种妄想！并且他们认为我在撒谎，因为他们觉得，我不想说
出孩子的父亲到底是谁。"

"他们难道不想让你也离开布莱特港，和他们一起去生活
吗？"我问。

妈妈点了点头。"他们试图这样做过，但我不会去的，我甚
至不知道为什么——只是我的潜意识告诉我不能离开。而且关

于这件事，目前还存在着一些让我困惑的地方。"

"比如？"我问道。

"嗯，举个例子吧，比如说你的外祖父为什么把我丢在船上，独自一人离开。"

"这有什么让你费解的地方吗？"我问。

妈妈迷茫地摇摇头。"我就是觉得有些奇怪，但具体哪里奇怪还真的说不准。我一度告诉自己，现在他们已经原谅了我，甚至相信了我。也许当所有事情都放下的时候，他们会和我恢复联系。"

"但是他们一直没有这么做？"我打断道。

"是的，一次也没有联系过我，除了每年生日和圣诞节的贺卡。但是他们只在贺卡上写上我的名字，像'爱''妈妈和爸爸''奶奶和爷爷'这些字眼从来都没写过。"她的眼神里充满了悲伤。"这太奇怪了，一点都不像他们的风格。以前的他们是热情友好的，所有人都特别喜欢他们。但是我也不知道该做什么，我觉得他们是真的不想再理我了。"

妈妈开始沉默了，我们也不知道说什么来安慰她，爸爸能做的也只是紧紧地抓住她的手，比斯顿先生还在烦躁和抽搐中。虽然妈妈一直在说话，但比斯顿先生却一直紧张不安地环视着房间，不断拉扯着夹克上一条宽松的线，盲目地敲打着他的腿，就好像他完全听不到一样。

哦，很抱歉，看来是我们打扰到你的生活了吧？看来对于他来说，他的生活显然比其他人的生活都重要得多。

就在妈妈停止说话的那一刻，他一口喝完了他的茶，然后从沙发上跳了起来。撸起袖子，看了看手表。"天啊，这都几点了？"他不耐烦的样子，大概是嫌我们在浪费他的时间。"看来我得走了。"

然后在我们说"哦，你真的要走了吗？不留下来再喝一杯茶吗？"之前，他慢慢走到门口，很快地朝我们三个点了点头，然后走了出去。

"哎呀，对不起，我没看见你！"我们听见了他在门外的呼喊。"你撞得我好疼，你在这里干什么？你耽误了我工作的时间，我还有好些事情要做呢。哼，以后再找你算账。"

他在跟谁说话？我跳起来跑向门口。虽然不知道我心里期待着谁，但当我看到站在门外的人时，我觉得这是我来到这里最大的惊喜。

我开心地投入到为我敞开的怀抱里。

第五章

"米莉阿姨！"我紧紧地搂着她，她笑着把我推回了门里。

然后她松开了我，从活板门爬了进去。"看来我来得正是时候啊，"她环顾四周，发出了大大的嘘声，"你们能在五分钟内不给我惹麻烦吗？"

妈妈一跃而起。"米莉！你怎么来了？"

米莉双臂环抱着妈妈。"我实在无法忍受没有你的生活了，"她忧郁地说，"阿奇说我都快哭成一个泪人了，有一个小队要出来工作几周，所以我就搭便车过来了。"

"我还以为你不愿意和他分开呢。"爸爸带着调皮的笑容说。

"是的，哦，但我发现我更不愿意和你分开。"她噘起嘴唇，嘟着嘴巴，十分可爱，"听你们的聊天，好像没有了我，你也过得不太好啊。"

"从聊天中听出来的？你的意思是你一直在门外偷听？"我说。

米莉微微脸红了，"我就是想找个合适的机会冲进来，然后给你们一个惊喜。"她承认了一直在偷听。"但比斯顿先生毁了我的计划。"她信步向厨房走去，"现在，疲惫的旅行者要来一杯伯爵茶。"

"如果你征询我的想法，那么我觉得你要做的不是抱怨你的父母。"米莉直率地说。她一屁股坐在比斯顿先生坐过的地方。不知怎么，她坐在上面就显得身子小了很多。

"你是什么意思，米莉？"妈妈的声音又紧张又沙哑，"那我到底该怎么做呢？我甚至不知道他们去哪儿了。"

米莉吹了吹她的茶。"不，别骗你自己了，你知道他们去哪儿了。"她大声地说，然后喝了一大口茶。

"你知道他们去了哪里？"我突然想到了什么，"但我想——"

"我根本不知道他们在哪儿。米莉，你在胡说什么？"

"邮戳！"米莉只说了一个词。

"邮戳？"我下意识地重复了一遍。

米莉叹了口气。"得了吧，佩妮，你不要告诉我，你从来没有收到过贺卡或者信？"

妈妈摇摇头。"嗯，你说得对，我确实收到过，"她的声音里充满了苦涩，"但上面从来没有让我感动的话。"

"那你从来没有看过邮戳？"

妈妈没有回答。

"我知道你看了，佩妮，因为你还把邮戳给我看了。我们一起探讨过的，然后还在地图上查了一下位置。你还记得吗？"

妈妈低着头。"是的，我记得。"她最后还是无奈地承认了。

"所以他们在哪里来着？是叫布里奇？布里奇港口，还是布里奇牧场？"米莉轻敲着嘴唇，皱起眉头全神贯注地思考。

"布里奇领地，"妈妈平静地说。"但那些都不重要。"她站起来走到厨房，"谁想吃点东西？我快饿死了。"

"但是妈妈，那为什么不重要呢？"我紧咬着嘴唇，等她回答，虽然妈妈不喜欢被问到她已经决定停止的话题。

"因为我并不准备和他们取得联系。"

"为什么？"我坚持问道。

妈妈转过身来面对我。"他们已经明确表示了，不想再和我有任何关联。所以我不会向他们主动示好的。"

"但是，妈妈，"我坚持说，"你要意识到我们的任务，是要设法让人鱼和人类和平共处，也许这会成为我们的一个开始呢？"

妈妈喘了口气，停顿了很久，这给了我一点希望，我真的希望她能改变主意。

然后她摇了摇头。"不，我已经决定了，我们会找到另一种方式来开始工作的，而且我们现在还有一大堆事情需要解决，没空处理我父母的事情。到目前为止，我们还没有什么好的方案。如果我们不尽快取得进展，我们不妨放弃任务，并告诉尼普顿寻找另一个家庭来做这份工作。"

"但是妈妈——"

"没有但是，"妈妈果断地打断了我的话，"我不会再让自己受委屈了，毕竟我花了很长时间才走出阴影，我也不打算再给他们机会了。好了，这个话题到此为止，现在我们吃早餐吧。"

然后她从碗橱里拿了些面包，开始切片。

我张开嘴还想说些什么，但爸爸朝我摇了摇头。"你最好还是放弃吧，"他温柔地说，"你知道你妈一旦做了决定，就没有什么能让她改变主意。"

我转头看向米莉，希望她能有什么办法。她在天鹅绒般的笔记本上写着东西，而妈妈仍在做早饭。然后她把笔记本塞进包里，向我眨了眨眼。"别担心，亲爱的，"她低声说，"一切都会好起来的。"

我不知道是什么让她觉得一切都会好起来的。就我所见，自从我们到了布莱特港，一切都变得越来越糟。

但是现在我什么也做不了。我决定放下它，即使感觉刚才的谈话还像浓雾一样盘旋在我们周围。

我突然渴望见到能让我感觉开心的人。这不是第一次了，而且那个人也不是亚伦。是那个总是让我振作起来，让我看到生活中光明的一面，在事情看起来毫无希望的时候，帮我找到解决办法的人。

"吃完早餐，我可以去西普罗克吗？"我需要见一见肖娜。

我找到肖娜的时候，她还有一段时间才去上课。我们游向了常去的那个操场，这是一座沉船，上面有各种各样的绳子、锚和海草，然后被改造成了可以攀爬的游乐场。我们游过大量废弃舷窗，坐在一块长木板上。一只龙虾从岩石缝隙里探出头来，黑色的眼睛看向我们，钳子像一个巨大的八字胡一样伸出来。

当我们闲逛的时候，我把发生的一切都告诉了她。

"这听起来有点可怕，"肖娜说，"你真可怜。"

"是的，我知道。目前唯一的好消息，就是我下学期才会去布莱特港中学，"我说道。当然还有，亚伦也一起去那里。我觉得肖娜已经开始厌倦我谈论亚伦了，现在我不想惹她生气，所以我不会把这些心里话说出来的。我不能让肖娜再因为其他事情而沮丧了，所以决定换个话题。

"学校这里怎么样了？"我问道。

"我也很可怜！学校里没有你，已经失去乐趣了，"她说。"没有你，一切都不一样了。"她又补充道。想到我还能和亚伦一起度过一段快乐的时光，我就更加感到内疚，而且我甚至直到今天早上才想起肖娜。

"事实上，这里还和原来完全一样，"她继续说，"学校的气氛很糟糕。沙克泰尔夫人心情很差，每个人都很害怕，担心自己哪天也会被拖到学校门口，当着所有人的面被责骂。"

"我不希望任何人受到这样的惩罚。"我想起了所有眼睛盯着我的那份耻辱，沙克泰尔夫人让我觉得，我是世界上最令人厌恶的人。

"学校外面更不好了。每个人都在讨论布莱特港正在发生的事情，以及会对我们产生的影响。昨天晚上，我姑妈家里的墙晃来晃去，真吓人。她认为我们应该尽快行动起来，但是爸爸说会没事的，我们不应该参与这种恐怖的事件。其实我觉得，现在最糟糕的事情就是没有人知道将会发生什么事，你了解这件事吗？"

"我妈妈是听自助洗衣店的人说的，"我说，"他们告诉她，在下一次城市规划会议上，委员会将决定如何处理此事。"

肖娜点了点头。"所以我们能做的只有等待？"

"似乎是这样的，"我说，"我只知道我们回到这里的目的，是要让生活变得更好。"

"我知道，不过目前唯一让我感兴趣的就是赛伦和大海了。我们来了一位新老师，她一直在讲一些我们从未听说过的故事。"肖娜的眼睛一亮，只有关于赛伦的话题才可以使她这样兴奋。

"比如？"

"迷失的赛伦!"肖娜起身游到操场另一边的锚上。她绕着它游动,一群小紫鱼游开了。

"几年前,有一群赛伦消失了。她们最厉害的一个,有着闻名海洋的歌声。渔民们听到她的歌声,就会纷纷抛弃船只,投身大海去寻找她。"

肖娜犹豫了一下。在我们认识之前,她对把渔民引诱到水里的这种做法,一点负罪感都没有。但自从我们成为朋友,她意识到人类也是好的,她对赛伦的这部分工作就感到不舒服了。幸运的是,如果尼普顿认真对待两个世界和平共处的问题,并且最终取得成功的话,就没有人再做这项工作了!

"不管怎样,"她轻快地说,"她是最厉害的赛伦,但是后来有一天她消失了,无影无踪。她有一群赛伦同伴,她和她的朋友们经常一起唱歌,但是后来所有的赛伦都在一夜之间消失了。"

"永远消失吗?"我问道。

肖娜点点头,向我游了回来,她抓着一根废弃的绳子荡秋千,一边游泳一边用它扫过海底。一群明亮的蓝鱼从下面冲出,组成锯齿状的阵形,远离了我们。"再也没人见过她们了,"她的眼睛闪闪发光,"传说她们去了一个神奇的地方,那个地方隐藏得很好,在现实中是看不见的!猜猜还有什么?"

"还有什么啊?"

"默林小姐对这件事做了大量的研究。赛伦的传说和神秘感是她最感兴趣的东西，她比任何人都更了解她们！她告诉我们，赛伦们抵达的最后一个地方已经被找到了。"

"然后呢？"

肖娜看上去好像要爆炸般的兴奋。"那个地方就在这附近！"

我一听就知道她在想什么。肖娜在遇到我之前，从来没有过冒险经历。因为我们是最好的朋友，我们几乎无话不谈。

"你想试着去找到她们？"

肖娜兴奋地点头。"现在我要去上课了。但是想想看，我们何不周末去探险呢？这样也许会让你放松一下。"

不管怎样，她的这个想法确实很有趣。一夜之间，一群赛伦消失在茫茫的大海中，再也没有了消息。虽然希望不大，但我们至少可以假装我们能够找到她们，做点事情总比无聊的等待要好得多。

"你说得很对。"我咧嘴笑着说。我知道她会逗我笑的，她也总是这样。

"嘿嘿！"她也冲我咧嘴一笑，说："我看看能不能从默林小姐那儿了解更多的东西，我们这周日就可以去。"

"就这么说定了！"

这样，我们就各自离开了。我看着她向学校游去，心里有些许刺痛，我甚至不知道这是为什么。我想因为我们是一个完美的组合，看到她独自前往的地方没有我，所以有点难过，并且我还有点嫉妒她仍然可以去人鱼学校，学习类似"赛伦消失

在莫名的地方"这样的知识，而我很快就会继续回去与讨厌的
法语和化学打交道了。

事实上，我也有一点内疚。我是可以回到布莱特港，将要
与亚伦过完这一天才变得开心的。

我等着肖娜转过角落，然后也转过身，朝布莱特港的方向
游去。一群长长的小黑鱼在我身边游来游去，好像在同我赛跑。
一只带有蓝色条纹的小鱼和粉红色的小鱼从我的前方游过，海
藻在我身体下面摇曳，羽状蕨类植物划过我尾巴的末端，一种
平静的感觉充斥着我的内心。当我回家的时候，我的脸上挂着
微笑。我会证明，一切都会好起来的。

这一整周都过得相当不错，妈妈也回到她以前工作过的书
店。有一天，她去和朋友打个招呼，结果发现新来的助手刚刚
辞职，所以店长马上留下了她，让她回到工作岗位。就像米莉
重新出现一样，这件事使她非常高兴。米莉也有很多朋友都在
布莱特港，所以找个暂住的地方没有任何困难。她的朋友斯温
代尔夫人经营着一个宾馆，可以免费为她提供想要的东西，只
需要米莉每天与她交流塔罗牌的心得，以及每周探讨一两次
奥秘。

爸爸正忙着与比斯顿先生在外工作，妈妈甚至想让亚伦的
妈妈一起去工作，兼职帮忙置办慈善舞会——现在就剩我和亚
伦两个闲人了。

　　我带他游览了布莱特港里面我最喜欢的地方。如果不知道路的话，就会在那里迷失方向。我们沿着栈道散步，看着太阳落下海平面。我们还去看了拉什顿家新开的主题公园，当然我们只是从外面看了看，并没有进去。我并不想撞见拉什顿先生和夫人，在与曼迪发生了这些不愉快之后，我感觉自己无法面对他们。

　　我带亚伦游览完城镇，决定向他展示布莱特港的另一面——那是只有成为人鱼之后我才发现的秘密。尤其是彩虹礁，那是我第一次遇见肖娜的地方，也是在我还是一个小宝宝的时候，我的爸爸妈妈分别的地方。

　　"这里很特别，不是吗？"亚伦慢慢地绕过岩石。水是如此清澈，可以看到下面每一颗鹅卵石和每一条鱼，甚至看到那些几乎是透明的、像飞镖一样疾驰而过的鱼类。

　　我很高兴他也能感受到这种快乐。不管怎样，彩虹礁是我在布莱特港最喜欢的地方。

　　这是开心的一周，我不想让它结束。因为过不了多久，学校就要放假了，我们就不能单独占有这个地方了。

　　但是愉快的一周很快就结束了。

　　那种美妙神奇的感觉也是如此。

　　周五的早上，我还在家里睡觉，前甲板响起"砰"的一声，有不速之客到达了。我从梦中惊醒，这种感觉就像船在到达的时候摇晃了一下那样，我猜到是谁来了。

"你妈妈呢？"米莉喘着气，脸色通红，"她在哪里？"

"她在工作啊，"我说，"你怎么这个样子？"

米莉摇了摇头，说："她不在那里。"

"她可能去拿现金和随身物品了，"我慢慢吞吞地说，"米莉，这是什么？你还好吗？"

米莉点了点头，屏住呼吸。"现金和什么？哦，别瞎说了，我们要尽快把她找回来。我已经等不及了——我觉得我可以先带你去。我们走！"

"去哪？"我疑惑地问。

米莉抓住了我的手。"你什么都不要问。我们要赶在你妈妈回来之前，把他们带过来，明白吗？"

我决定忽略米莉不讲道理的事实。"好吧。"我同意了，跟着她离开了船。

米莉走上码头，她的斗篷在她身后滚滚飘动，我跟在她后面跑着。"米莉，你能告诉我这是怎么回事吗？"我追上了她的脚步。

"你很快就会明白的。"她神秘兮兮地说。

我们朝着亚伦和他妈妈住的海滩小屋走去。"是关于亚伦的事吗？"我问，"他出什么事了吗？"

"并没有任何人发生意外。来吧，快到了。"她向左急转，走到最后一个小屋外，停住了。"就是这里了，"她将手掌在衣角抹了抹，拨了一下落在脸上的一缕头发，用力咽了咽口水。

她转向我询问："准备好了吗？"她的声音里有令人屏息的颤动。她显然很紧张，但为什么呢？小屋里有什么？我要准备好什么？

"虽然不知道准备些什么，但我想我应该准备好了。"我跟着米莉走了过去，她深深地吸了一口气，然后用力敲了敲门。

第六章

门开了，一个女人站在走廊里。她瘦瘦的，灰白的头发，眼镜用链子挂在脖子上。她看着是一个充满活力的老人。

一个男人走到她身后，和她年纪相仿，比她还高，也有着同样灰白的头发。他们都盯着我们看。

"有什么需要帮忙的吗？"女人笑着，友好地问。她的眼睛眯了起来，笑容里充满了阳光。她微笑的样子似乎很熟悉，但我想不起在哪里见过。我确定从没见过他们！

"我——是——你不是吗？"米莉开始说胡话了。在我们敲门之前，她甚至比我还紧张得多。

男人走到前门台阶。"你一定刚离开竞猜场地。"他说。

竞猜？什么竞猜？

"进来吧，我们很高兴见到你。这真是个惊喜，我们从竞猜中赢了这么多东西。幸福来得太突然了，我们简直太幸运了！这个地方很美。"

他到底在说什么？他把我们和其他人搞混了吗？我转头看向米莉。

她只是朝我点了点头，把我领了进去。那个人发现了我，"啊，你把你的女儿也带来了。"他握了握我的手。"欢迎，你们两个一起进来吧！"

我怒视着米莉。"女儿？"我嘟囔着。她摇了摇头，皱着眉头，"嘘！不要乱说话！"

我们四个人站成一个尴尬的圈子，互相看着对方。

"你们清醒了吗？"米莉笑着对这对夫妇说，"现在你们可以好好看看，你们还记得我吗？"

这两个陌生人茫然地盯着米莉。

"她是爱美丽！"她说。

他们茫然的目光转向了我，我也茫然地盯着他们。

我已经受够了这种尴尬的氛围，"米莉，你能解释一下这到底是什么情况吗？"

突然，米莉看起来和我们一样迷茫。"你甚至连我都不认识了？"她痛苦地问。她说话时声音变得沙哑，我以为她要哭了。"嗯，我知道你对这件事很痛苦，但我不认为你们会忘得这么干净！"

这对夫妇继续盯着她，张开嘴巴，脸上充满迷惑。女人先开口了："你告诉我们竞猜中奖了，我们真的很感激你，但我确信我不知道什么——"

"有人在吗？"前门传来了一个声音。我们转过头去，过了几秒，亚伦的脸出现了。他扫视了一下房间，看见我时咧嘴一笑。"嘿，我就觉得是你，我只是路过就进来看看。"他说，"你在这里干什么？"

这真是一个很好的问题！

"我可以进来吗？"他在我有机会回答之前，已经走进了房间。

"这是我的朋友，亚伦。"当他挤在我旁边时，我将他介绍给了他们，但并没有任何人注意他，他们都茫然地盯着对方。我感觉到亚伦的手在碰着我的手，我的脸立刻发热，我的心也开始剧烈地乱跳，我确信有人会听到的，尤其是在这一片寂静中。

然后奇怪的事情发生了。他碰到我手的那种感觉，我知道这听起来像是很可笑的陈词滥调，但我的手臂却一阵震颤，一阵刺痛。我瞥了他一眼，想看看他是否也感觉到了。他也看着我，没有走开。过了几秒，他张开手指，握住了我的手。

几乎同一时刻，那个女人的脸变得像她的头发一样灰白。

"爱美丽？"她低声重复着，然后看向了她的丈夫。

她抓住自己的胳膊向我走近了一步。"真的是你吗？我们的爱美丽？"她问道。

我看向米莉寻求帮助。

"早该如此了！"她满面笑容地喊道。

"你是玛丽·佩内洛普的朋友，米莉！"那人惊叫道。"为什么，一定是，哦——都快十二年了吧？"

"关于那件事，"她说。"大概还没到一辈子那么久吧。"她喘着气补充道，意味深长地看着我。

"噢，我的玛丽·佩内洛普呢？她也在这里吗？你知道她在哪里吗？"女人的情绪突然爆发了。

"呃，有人想解释一下这里发生了什么吗？"我说，"或者他们是谁？"

那女人伸出手来，搭在我的脸颊上。"亲爱的爱美丽，"她轻声说，"我们是你的外祖父母。"

我盯着他们："我的——"

男人对我微笑。"这是真的，"他说，"我们是你的外祖父母。"

"但是为什么——为什么——我是说，谁——？"

女人笑了。"根本就没有中奖，是吗？"她对米莉说。

米莉骄傲地摇了摇头。"我不认为单纯的邀请会成功，所以我租用了这个小屋几天时间，把这件事小小地谋划了一番。"

"但是你是怎么找到他们的呢？"我问。

"哦，我只是通过'网络'挖掘了一点信息。"

"是互联网。"我轻轻地纠正她。

"是的，没错，"她继续说，"事实上，这一点都不难。在我们前进的道路上，通常阻碍我们的只是那些固有的经验。"她轻快地说。

"那么，当你发现他们在哪里时，你是怎么做的？"我问。

米莉压低了声音。"在一些灵性知识的帮助下，再加上我一点点神秘的洞察力，一些精心标记的能量线谱，想要达成任何事都是有可能的，"她充满戏剧性地描述着。

"她给我们打了电话，"女人笑着说道。

米莉尴尬地拂了拂袍子上看不见的灰尘。"嗯，是的，我想你这样说也是对的。"

女人继续说下去。"她告诉我们，周末我们将可以在海边度假！"

"呃，这不是实现了嘛！"米莉说。

我盯着他们看了一会儿。"那你们真的是我外祖父母吗？"我还是半信半疑，但他们带着灿烂的笑容向我点头。

我转向米莉。"走吧，我们得去告诉妈妈！"我看了看手表。"十二点了，她现在应该回家吃午饭了。"

女人——应该说是外祖母——捂住她的嘴，用她的另一只手抓住了外祖父的胳膊。"这是真的吗？"她惊喜地问着他。"我们真的能再见到我们的女儿吗？"

男人把手放在她的手上，哽咽着，好像要说些什么。但最后男人只是捏了捏她的手，点了点头。

"哪儿去了？"米莉在她的包里翻找。"在哪儿？我为这个场合特意买的东西。我肯定它在这里——啊！"她从包里掏出一个相机。"好，大家站好，说茄子！"

亚伦和我尴尬地站在我外祖父母的前面，试图微笑，而米莉正对着我们。

"太好了！"她笑着说，"好吧，我们去找玛丽·佩妮！"

这对老夫妇关上了门，跟着米莉出了小屋，朝码头走去。我和亚伦一起走着，我们仍然手拉着手。刺痛的感觉还没有消失，我的心率还没有放慢。握着他的手感觉很奇怪，但同时我又觉得这是世界上最自然的事情。

我们沿着码头朝着我们的船走去，米莉转头看向我的外祖父母。我的外祖父母！这是一种前所未有的体验。"准备好了吗？"她问。

他们急切地点点头。"肯定的！"男人回答说。

"好吧，那就进来吧。"米莉从门口进来，对着妈妈喊道，"快来！玛丽·佩妮——你永远猜不到我带了谁来看你！"

当我的祖父母跟着她进去时，亚伦停了下来。"我想你应该自己进去，这是你们一家人的事情，"然后他害羞地咕哝，补充说，"我一会再来找你，好吗？"

"当然可以！"我说。

他笑着放开了我的手，但我依旧可以感受到手上残存着他的温暖。"待会儿见。"我开心地说。然后他转身回家，我继续去参加快乐的家庭聚会。

只是这不是所谓的幸福团聚。

我的外祖父母又在发呆了。

"怎么了？"我惊疑地问道。

米莉站在房间的中间，激动地打着手势。妈妈站在她身后，双臂交叉，阴沉着脸。"我们刚才还在你们的小屋里聊天！你怎么会不记得？"米莉大叫起来。

"我们中奖赢得的那个小屋？"女人问。

"你没有中奖！"米莉叹了口气。"那是事先安排好的！是一个借口。我刚刚已经解释了这一切！"

"你是说我们不应该住在那里，"男人继续问道，"我们必须离开吗？"

我站在这对夫妇的前面。"外祖父？外祖母？"我试着问。

但我感觉自己就像是一个刚刚登陆地球的火星人，他们眼中的一切都表现出对我的茫然。

"你是谁？"女人说。

这对夫妇互相看了看，完全困惑不解。发生什么事了？

"快滚吧！"妈妈的声音既严厉又冷酷。"还来我家愚弄我，你们玩得很开心啊，现在赶紧给我滚。"她的胳膊还紧紧地抱在一起，阴沉着脸。

米莉把这对夫妇领到门口。"我不明白，"她满脸的疑惑，"我真的不明白。"她跟着他们走到外面，指引他们回到住处。然后她回来了，关上了身后的门。

妈妈瘫倒在桌旁。"哦，米莉，"她生气地说，"你到底在做什么？"

"我——我以为这会给你一个惊喜，一个大团圆。我认为这可能会推动和平的进程。"

"他们怎么会这么残忍？"妈妈满脸怒火。"根本不承认我！假装他们根本不认识我。我从没想过他们会如此堕落！他们还是我的亲生父母吗？"

我走过去，用胳膊搂住妈妈。我想说些安慰她的话，但什么也想不起来。我能说些什么来弥补刚才发生的事呢？

等等，刚刚发生了什么？

他们看到我时很高兴，也很高兴能和妈妈见面，然后他们就突然不认识我们两个了，好像他们从未见过我们。他们应该不是一时没有想起来，那么他们是假装的吗？这一切都是为了让他们被妈妈当成傻瓜吗？但他们为什么要这么伤害她？人类真的那么残忍吗？

我的脑子里有无数个无法回答的问题。

然后我想到了一个可能会有答案的人。

从我外祖父母住在这里的时候，就一直在这布莱特港生活的那个人。我又突然想起来了，那天我们谈论起我的外祖父母时，他的奇怪行为表现得就像知道什么内幕。

妈妈把头靠在我的肩上，我轻轻地从她身边挪开，把她推到米莉身边，米莉用一只大胳膊搂住她。

"我出去走走。"我小声对米莉说。她朝我点点头，继续抚摸妈妈的头发。

然后我握紧拳头，走向灯塔，准备战斗。

我敲着关上的门。"快开门！"我大声喊道，"让我进去，我想和你谈谈！"

一秒钟后，门开了，比斯顿先生出现了。"怎么回事，孩子？是你妈妈出事了吗？她怎么了吗？"他走出了半个门，但我阻止了他。

"妈妈很好，"我说，"至少对于她来说什么也没发生过，"我停顿了一下。"让一个人的生活彻底毁灭，把一个家庭弄得支离破碎，如果这些对于你来说都不是很严重的话。"我双臂交叉、愤怒地说道。

比斯顿先生盯着我："你到底在说什么？发生了什么？"

"我的外祖父母。"我简单地说了一句话，他的脸色就变了，仿佛什么看不见的东西把它的颜色吸干了。

他打开门，招手叫我进去，"你最好进来说。"

灯塔里面的公寓是空的，并不是我期望的那种温暖的感觉，这就是我们一直想见识一下的比斯顿先生的家。一堆箱子堆放在一个角落里，箱子里应该是一堆文件。看到它们，我禁不住怀疑他是否还在收集我们的资料。

"我还没有完全安顿下来。"他把手搭在箱子上说。

"告诉我关于我外祖父母的事。"我直截了当地说。比斯顿先生盯着我看了一会儿，张开嘴，准备开始编造谎言。

"说实话！"我开始生气了。他闭上了嘴，低下了头。

"你必须明白一件事。"他开始了发言。我想告诉他，我没必要理解他说的任何话，也没必要做他说的任何事。但我咬着舌头，等着他继续。

"这都是很久以前的事了。很久以前——你有这个概念吧，那时候我们还是朋友。"他紧张地看着我。朋友？哈！就好像他能理解这个词的意思一样。我再一次控制住我的舌头，让他继续说下去。

"你外祖父是个航海员，也是个正派的渔夫，他在大海上度过了许多日子。然而有一天，他看到了一些他不应该看到的东西。"

我竭力保持安静。

比斯顿清了清嗓子。"他看见一条人鱼，兴奋极了，径直来找我聊天。你看，我们当时关系很好。"

"你的意思就是，你靠编造谎言来毁掉了他的生活，就像你对我妈妈和我那样吗？"我严厉地说。

他没有理我，继续说下去。"我不能允许这件事发生，不仅仅基于我当时的角色。那时我们已经知道你父母的事了，所以我们已经准备好了处理计划。你的外祖父母当然什么都不知道，但你的外祖父突然得到了这么一个信息——嗯，事情很复杂。所以我们不得不制止。"

"怎样做的？"

"首先，我们不得不抹去他的记忆。"他停了下来。

当然，是失忆药剂，我早就应该猜到的。"那然后呢？"我继续追问。

至少他很有责任心，或者也有良心。"我们还得阻止他再出去。"他说着，用比往常更笨拙的方式慢慢踱步。

"以防他看见别的什么东西。"我说。

他点了点头。"有一次我抹去了他的记忆，告诉他和他的妻子必须要离开这里。他也从来没有怀疑过，药剂显然起了作用，这些也就是我日常做的事情。"

"那我妈妈呢？"

"不幸的是，那时正是你母亲怀孕的时候，并决定把一切都告诉她的父母。"

"他们以为她疯了，因为你已经抹去了他们的记忆。"我知道了，这就是一切事情的起始。

比斯顿先生鼓着嘴。"你看，当时的情况不大一样，而且规章严格，尼普顿对这些法律的执行非常严格，你是知道的。"

我保持沉默。

"我不为我所做的事而感到骄傲，"他平静地说。

"那我妈妈呢？她怎么不跟他们一起离开呢？"

他摇了摇头。"我试了好几次，想让她同意离开，但都失败了。即使我把你父亲的那部分记忆抹去，也没办法让她离开，她就是坚持拒绝离开这里。"

"所以我的祖父母搬走了，他们什么都不记得了？"我木然地问道。

"说得对。"

我强忍着泪水，试图驱赶走喉咙里的哽咽。但这太难了，因为里面夹杂了痛苦和愤怒。

"那贺卡呢？"我问，"每年不都有生日贺卡和圣诞贺卡吗？"

比斯顿先生摆弄着他的上衣纽扣。"是我送的。"他低声说着，像犯了错的孩子。

"你？但是你是怎么做的？"

"因为我必须定期去拜访他们，以确保失忆药剂有效。"

这个解释是有道理的。他每周都用带有失忆药剂的面包和甜甜圈来确保我妈妈的记忆消失。

"我写好卡片，然后在拜访他们的时候交给他们，因此那上面有正确的邮戳。"他紧张地瞥了我一眼。"所以你妈妈至少仍旧能够拿到一些他们的东西。"他补充道。

我差点笑出声来，他认为他这是在帮我们的忙？仅靠做一些微不足道的事情，而且还是这种一年寄几张卡片的骗局？

"这是我为你们做的一件小事，"比斯顿先生继续说道，"你看，你妈妈和我又重新成为朋友了。"

"你是说他们甚至没有在上面签名？"我打断了他的话，不想听他继续说下去了。他这么多年来一直在欺骗我们，欺骗我们的友谊！

"我们不能冒这个险，这很容易让他们找回记忆。"实际上，比斯顿先生也很羞愧。他的头低垂着，双臂垂在他身体两侧。"对不起，爱美丽，"他惭愧地说，"但现在情况不一样了，我永远不会再去伤害你和你的家人了。相信我，好吗？"

我没有回答，直勾勾地盯着他。

比斯顿先生伸出一只笨拙的手，拉着我的袖子。"爱美丽，我知道我亏欠你们很多。"他以通常戏剧性的口吻说，"为了证明我的诚意，我答应你，无论你需要什么，我都会尽我所能帮助你，因为我亏欠你们的太多了。"

我几乎笑出声来。"你亏欠我们太多了？我觉得哪怕你用尽余生去偿还，也永远无法偿还亏欠我们的东西！"

他点点头。"我知道，对不起。我欠你们的太多了，我无法用言语表达。但请记住，现在的情况不一样了。我们有一个共同的目标，我打算尽我所能去完成它。"

我发现自己的心软化了一点点。人可能改变吗？尼普顿最近改变了他的想法和法律，也许比斯顿先生也可以改变呢。虽然我知道自己再也不会信任他了，但他说得很好——也许有一天，这个承诺会有用呢。

"有一件事情让我做出了这个决定。"

"什么事情？"

比斯顿先生停顿了很长时间。当他说话的时候，他的声音里有一种感觉，好像他的声音是从一个砾石山中传出来的。"我妈妈。"他说。

"你妈妈？她怎么了？"

比斯顿先生几乎从未提及过任何关于他家庭的事情。我唯一听到他提起父母的时候，是他在我去大人鱼礁救我的爸爸、坐在摩托艇上追我的时候。我试图回忆起他当时对我说的话。他好像是说，他的爸爸很高兴娶了一个赛伦，但他爸爸在他出生后没多久就淹死了。

"几天前你们的谈话勾起了我的回忆，我决定要去看她。"他说。"你看，你妈妈和我有共同点。"他接着说，"我也和我的父母分开了。"

"你那时还是个孩子，不是吗？"我尽量表现得温柔。我知道虽然对方是比斯顿先生，但即便如此，也不能随便拿别人的痛苦开玩笑。

他点点头。"嗯，是的。"他没有回过头，痛苦地说。

"那么你妈妈把你养大了？"

"哈！也可以这么说！"

"什么意思？"

"我的母亲——嗯，她很漂亮。她是个很好的赛伦。但和我的距离比最远的地平线更遥远。或者换句话说，除非她展现充满母爱的一面，不然我就只能离她远远的。我从很小的时候就开始自谋生计了，对我们两个人来说，我的离开几乎无关紧要。在我们心里，我们早就分离了。"

直到去年，我才回忆起自己的童年。没有爸爸的成长是不容易的，但我也不会怀疑妈妈对我的爱。我无法想象没有妈妈会是什么样子。我第一次为比斯顿先生感到难过。

"那你现在为什么要去见她？"我问。

比斯顿先生摇了摇头，清了清嗓子，似乎把自己的记忆拉回到了现在。"你明白的，我是一个认真对待工作的人。"

我应该比地球上的任何人都更明白！

"我们被委派了建立和平的任务。就像你的母亲，如果我不能弥补自己的亲人，怎么能期望在更广阔的世界取得成功？如果我不去弥补的话，就不要期望会有人认真对待我，这样的工作应该从每一个家庭开始。我已经决定了，我要去看我妈妈，今天就要去！"

我开始对他有了一丝宽恕，但我还是有点小心翼翼。"等等，"我说，"我的外祖父母，是什么情况？"

"怎么了？"

"嗯，你说他们服用了失忆药剂。"

"的确如此。"

"那样的话，他们怎么会记得我呢？"

"他们怎么了？你到底在说什么，孩子？"

我向他叙述了米莉把我的外祖父母带到布莱特港，以及所发生的一切事情。

"愚蠢的女人，"他咆哮着，又变回了原来的自己。"她不应该胡乱做那些她不懂的事情。"

"她在尽力帮助我的妈妈！要知道，你刚刚还宣誓对和平使命忠诚。"

"嗯。"他眯起眼睛，把夹克弄直。

"他们怎么会记得，然后又忘了？"我小心翼翼地问。"你和这件事有什么关系吗？"

他摇了摇头。"我现在无法解开失忆药剂，只有尼普顿才能做到这一点。"

尼普顿？我不想让他帮忙。我和尼普顿的大部分交易都会演变成某种灾难。"嗯，其他人一定也能做到这一点，因为这是刚刚发生的事情！两分钟前，你还告诉我你会做任何事情来帮助我们。现在我问你，我们如何消除它？"

比斯顿先生的脸一下子变红了。"孩子，我告诉你这是不可能的。难道你没听说过尼普顿怎么说的吗？"

我摇摇头。

"他说，'只有比我更强大的力量才能解除我施的魔法'。然而我们都知道，没有人比尼普顿更强大。"

"那就没有其他办法了吗？"

"恐怕是的。"

"但是，当时他们似乎记起一点点事情？"

他摇了摇头。"这肯定是暂时的，偶尔也会发生这种情况，尤其是当他们刚刚回到有人鱼的地方。"比斯顿先生舒舒服服地说。"现在，请原谅我，"他坚定地说，"有一些相当重要的工作要去做。"

我把他留给了所谓的重要工作，茫然地从灯塔离开，脑袋里满是疑问。尤其是，我们是如何走出现在这个困境的？不仅仅是我祖父母的处境，而是整个事情。我们被尼普顿委任了使命，让人鱼和人类世界和平共处，但是现在我们甚至无法让家人互相交谈。

如果他发现我们这么失败，他会怎么做？

我知道当尼普顿不高兴的时候，他会做什么——是的，他会降下惩罚。而且我也知道一件事，我不想再次被惩罚了。不，我们得把事情梳理一下，否则一切都无法顺利进行下去了。

对，我们现在所要做的就是想一想如何去完成任务。

第七章

我静静地走到亚伦家门前，脑袋里依旧充满了迷茫和困惑，想要找出更多的答案。

"走吧，我们出去玩，"他试图安慰我。他的妈妈最近又找到了一系列的智力竞赛节目，很难摆脱电视机了。

我们游向彩虹礁，我告诉了亚伦发生的一切。我们一起在海洋里游着，尾巴掠过丝绸般的大海，在一群鱼旁边飞奔而过，我感觉我的情绪逐渐高涨起来。

"我们比赛谁最先游到最远的岩石那里，"亚伦说完，旋转着潜入深水中，然后穿过水面，溅起巨大的水花。过了一会儿，他就游了很远。

"为什么每次我们的比赛，你总是抢先开始？"我在追上他的时候问道。

他咧嘴笑了笑，拒绝回答我的问题。

"哎哟！"我朝他溅起水花。

他笑了笑，仰着身子。"让我们继续游吧，"他像海豚一样旋转着跳出海面，随着一声巨响，又潜了下去。

我跟着他来到礁石的另一边，然后向大海深处游去。我们边游边聊天，想办法把所有的事情梳理清楚，但我们脑子里始终一片空白。

突然，亚伦停了下来。"哇！"他大声喊。

"怎么了？"我停在他旁边。我也看到了奇异的东西，一条波状的大山挡住了我们的去路，山峰中间有一个缺口，但缺口里的水和海里的不一样。它看起来像一个冒着泡的大锅。当我们靠近时，可以看到它正在疯狂地旋转。

"是一个旋涡。"我转过头去说。

"让我们穿过它吧。"亚伦的眼睛在阳光下闪闪发光。

"你是不可能穿过旋涡的！"

"为什么？"

我在学校听说过，这是尼普顿的一个泳池。我指了指旋涡旁边的一块岩石，"仔细看，它上面刻着东西"。

亚伦眯起眼睛看着岩石。"三叉戟？"

我点点头。"这就意味着尼普顿创造了它。如果我们贸然闯入的话，他一定会生气的。"想起尼普顿狂怒时所创造的旋风，我就战栗不已。我们已经有足够多的麻烦了，即使进去能对我们有帮助，我也不会游进去。"我们回去吧。"

但亚伦依旧坚持。"看那边。"山峰那边的大海，比这里更清澈。明亮的阳光照下来，在水面弹跳着，好像天空中有看不见的巨人在撒下钻石。

而旋涡是到达那里的唯一途径。在旋涡的两旁，锯齿状的山峰伸展到我们所看不到的地方。

"抓住我的手，"亚伦说，"我们一起去看看，我会照顾好你的。"

我一直想知道我们能否可以再次牵手，也想知道他是否愿意。还有今天早上，他是否也感觉到了同样的刺痛感。

我握住他的手。

亚伦也微笑着握住我的手，"准备好了吗？"

我点点头，我们一起游向"泳池"。海水愤怒地旋转着，我们在干什么？亚伦的疯狂想法，让我感觉这像是参加一场比赛。

亚伦转向我。"我们走吧。"

我紧紧握住他的手，我们一起在旋涡旁边的低层岩石上跳下去。顷刻之间，我们被海水吞下去了，浑身酸痛，飞快地来回撞击，不知该往哪个方向游。我感觉自己就像一件破烂的衣服，在旋转式洗衣机里被搅拌着。

"爱美丽！"

亚伦正从旋转着的水里向我呼喊。我试着去寻找他，但我能看到的除了泡沫还是泡沫。然后我觉得他飞快地撞向了我，我们相互拖拽着开始旋转。

"抓住我的手！"他喊道。"这会避免我们互相撞击。"

我胡乱地抓摸了一下，终于找到了他的手。我抓住他，紧紧抓住。我在思考我们还能活多久，为什么我会同意他这个荒谬的想法。

然后发生了一件奇怪的事情。

旋涡停了下来。

就这样突然地停了下来。

旋涡突然不再是旋涡了，变成了我一生中见过的最平静的游泳池，它平静而温和，就像多年来一直没有被发现一样，空荡荡的。

我们把手伸到水面上，仍然手牵着手，浑身湿透了，气喘吁吁的。

"发生了什么？"我问道。

亚伦摇了摇头。"它停了。"他说了一个显而易见的事实。

"尼普顿的旋涡不可能停下来的。"我环顾四周，看看附近是否有其他人。也许尼普顿自己也在这里，监督着我们，准备指引我们去不应该去的地方，然后让旋涡再次旋转。

他开心地笑着说："嗯，是这样的。但是我想他并不像你想象的那么强大。"

我几乎笑出声来。"尼普顿不强大吗？你在开玩笑吧？"

亚伦只是摇了摇头。"我不知道，"他说，"但我没有其他的合理解释。"他游到池边，松开了我的手。

这时旋涡突然又开始旋转了。

"不！"我紧紧抓住他的手。

他停下来转过头看着我。"什么情况？"

"等等！别放开我的手。"

亚伦又笑了。"好吧。"他说着，脸上有微微的红色。他最近似乎很容易这样。

"你说得对，尼普顿并不强大，"我说，"我知道这很疯狂。但是，你和我都被诅咒过，不是吗？"

"是的。但是现在诅咒没有了。"

"不是这个，我知道这一点。但是我们是如何消除尼普顿的诅咒的呢？"

"我们找到了他和他妻子的戒指。你是指这个吗？"

"我们不是说它们，"我继续焦急地说，"我们戴着它们，然后我们做了什么？"

"我们把戒指带回来了，"亚伦说，"爱美丽，我看不出这有什么。"

"我们的手！当时我们握着手！我们双手合拢，颠覆了尼普顿的力量！"

亚伦的眼睛睁得更大了，我可以看出他已经开始明白我的想法了。我努力回忆比斯顿先生告诉我的话，"只有比我更强大的力量。"我开始说。

"可以推翻我施的魔法！"亚伦一字一句地重复着。

"就是这样！"我盯着我们的手，紧紧地握在一起。"我们握手时打破了诅咒。"

"换句话说，我们的双手比他的力量强大。"亚伦说。

"正是这样！这意味着我们可以解除他的魔法。"

"只要我们牵着手。"

"这是真的！成功了！除了——这听起来太不可思议！我们可以解除尼普顿的魔法？"

"亚伦，这也太疯狂了，"我说。"这不可能吧！"

"我明白你的意思。我也觉得不太可能，所以我们快离开吧！旋涡停下一定是巧合。"

他是对的。我正要放开他的手，游到池边。我们必须在它重新旋转之前离开。

但后来我想到了另一个证据。"不！"我突然爆发了情绪。"这不是巧合，我们成功了！"

亚伦对我皱着眉头。"你怎么能这么肯定呢？"

"我的祖父母！当他们回忆起一切的时候，我们是手拉着手的。"

亚伦的愁眉散开了，眼睛里面好像闪烁着光。"对！那时候失忆药剂暂时消除了。"

"然后你走了，他们又忘记了。"

我们俩低头看着我们的手，然后看向对方。

"我们真的能做到,"我低声说。似乎担心声音太大,这一切就会变成假的。"我们真的可以解除尼普顿的魔法。"

"这意味着什么——"

"这也许意味着我们不能再和外祖父母联系了。"我说。

"还有完成和平的任务!"

我们盯着彼此,互相沉默。

"我们快点回去吧。"亚伦说。

我们用最快的速度游回布莱特港,因为我们都明白下一步该做什么。

"喂?"我通过门缝大声向屋里喊。

亚伦第三次敲门了,还是没有人应答。

"他们去哪了?"我问。

"出门去了?"

"再试一次吧。"我说。

亚伦抬起头准备再敲一下时,手突然停在半空中。"等等,"他说,"你看看。"他推了推门,然后门开了。"我们应该——?"

我把脸贴在门上。"外祖母?"我大声喊,"外祖父?"没有人回答,我转向亚伦。"进来吧。"

我们进了屋子,在屋里蹑手蹑脚地走来走去,感觉自己就像是窃贼。我们没用多长时间便搜查完了每个房间,这个小屋一共只有四个房间——每个都是空的。

"他们走了。"我一屁股坐在扶椅上。

"所有的东西都不见了，他们是匆忙地离我们而去的，甚至都没有把门关上。"

亚伦伸手把我从扶手椅上拉起来。"走吧，"他说，"让我们去你家。"

我们沿着海滩走回码头，两个人都沉浸在思考中。我希望他并不像我这么痛苦，我的意思是希望他没有发现：我每一次做的努力都没让事情变得更好，反而让事情变得更糟。我希望他不要想太多，如果我们不快点制订下一步的计划，我们就要面对尼普顿的怒火。

"哦，太糟糕了。"亚伦沉重地说。

我抬头看到一个熟悉的人迎面走来。是曼迪·拉什顿——我们最不想见到的人。

她停在我们面前，双手叉在腰间。有一瞬间，她的脸上掠过一种奇怪的表情，那是扭曲的表情，仿佛她的脸同时被拉向两个方向。你有没有看过那种漫画，就像有人试图在善与恶之间做出抉择，总会有一个小天使坐在一边肩膀上、一个小魔鬼坐在另一边肩膀上，两人同时在争辩——她的表情使我想起了这个事。

然后我猜她一定是听从了魔鬼的话，因为她在直视我的眼睛，嘲笑着："哦，看呐，有人在海滩上留下了一堆垃圾。"然后她转过脸，面对亚伦怒目而视。"哦，事实上，是两堆垃圾。"

她补充说。

我怎么会以为曼迪·拉什顿肩膀上有一个小天使！

"对不起，"我试图从她身边经过，但她挪了一下，挡住了我的去路。

"你有什么重要的事要做，对吧？"她冷笑着。"哦，你真可怜，那个讨厌的曼迪·拉什顿挡住你的路了吗？我碰巧也有重要的事要去做。"她又朝我走近了一步，她的脸离我只有几厘米。

我想叫她停下来，提醒她我们曾经是朋友，问她能不能再次成为朋友。不过，我阻止了自己。我并不打算向她乞求怜悯，这只会给她更多的口实来攻击我。曼迪再也不可能和我做朋友了，失忆药剂已经证实了这一点。

等一下！

失忆药剂。

我转向亚伦。"握住我的手！"我说。

曼迪突然大笑起来。"噢，可怜，"她伸出下嘴唇，在上面放了一个指头，"可怜的爱美丽，得让她的新男友帮她振作。"

"他不是我的——"我开始说。男朋友？别人怎么知道你有男朋友了？我以前从来没有过，所以我不确定。是两个人必须互相宣布吗？还是两个人中有一个问另一个，像是求婚那样？我，亚伦，能做你的男朋友吗？为什么没有人告诉我这些事？

我摇了摇头，驱散了自己的胡思乱想。无论哪种，都不是目前紧要的事情。他伸出了手，紧张地说："抓紧我。"我点了点头。

那些灯光又映照在他的眼睛里，闪闪发光，我可以看出他明白我的意思了。我突然伸出手，把他的手抓住，紧紧地握着。"来吧，"我低声说，"力量生效吧！消除失忆药剂。"我突然想到，如果我们就这样永远手牵着手，该多好啊！

曼迪还在笑。"啊，太甜了。现在感觉好些了吗？因为害怕曼迪·拉什顿，你必须握住男朋友的手？太可悲了！"她把脸贴在我的脸旁，鼻子几乎触到了我的鼻子。

为什么不起作用了？难道是我们都搞错了吗？那么旋涡停止是巧合吗？但是我的祖父母找回了记忆，就像比斯顿先生所说的那样。

然后我就感觉到了手里的刺痛感，就像针扎一样，这种奇妙的感觉像软绵绵的沙子一样在我的大腿上淌过，然后上升到我的手臂上。很快，这种感觉蔓延到我的全身。它生效了，发生了什么事？

曼迪退了一步。

我看着亚伦。他也能感觉到吧，因为我能从他的眼睛里看到了惊讶。

曼迪张开嘴想要说话，表情突然又变成冷笑。或者她试图冷笑，但中途停止了，她的表情一半嘲笑、一半困惑。这让我想起妈妈以前的表情，"最好小心点，小宝贝！"她会说，"如果中风的话，你的脸也会像这样僵住的。"

曼迪的脸现在似乎变成了慢动作，我几乎可以听到自己大脑里的齿轮在运作：快点解开失忆药剂，回想起中心岛，快想起来！我紧紧握住亚伦的手。

"我们是朋友。"她用一种平静的语调说着，这和她刚才说话的声音很不一样，你会怀疑她是不是刚才的那个人。

我屏住呼吸，紧紧地闭着嘴。我不想破坏现在的气氛。

"我们成了朋友，"曼迪重复着，"我们去了一个岛上，你有一条尾巴，我爸爸想让你参加节目。"她的声音柔和而茫然。

她听起来好像在说梦话。"有一艘大游轮。"她突然停了下来，后退了一步，她的眼珠变黑了。"有个怪物，"她慢慢地说，"我们救了很多人，你和我，对吗？"

最后，她看向了我。她盯住我的眼睛，我点了点头。

"和你做朋友真是太好了。"曼迪接着说。

我笑了。"是的，是的。"

我们谁也没再说话。然后曼迪深吸一口气，"也许我们应该再次成为朋友？"

我们成功了！我们解除了失忆药剂的作用！我对她咧嘴笑了笑。"是的！"

她也对我咧嘴笑了笑。我还是不敢放开亚伦的手，仍然不太相信我们成功了，也不相信它会持续下去。但我知道该怎么做了，现在我们能控制自己的力量了，我清楚地意识到，这次不会像我的祖父母那样。这一次是永久的！

曼迪转身面对亚伦。"这意味着如果你愿意的话，我们也是朋友。"她说。

"很好！"亚伦紧紧握住我的手，刺痛的感觉又一次涌了上来。

"对不起，"曼迪对我们俩说，"那么我们重新开始？"她伸出一只手以求和平。

我现在该做什么？如果我不理睬她的手，她可能会变成原来的曼迪。但如果我去握住它，尼普顿的魔法会回来吗？不，我必须相信，相信我们已经控制了自己的力量。

我放开了亚伦的手。

曼迪仍然把她的手伸给我。我们做到了！我们让它永远生效了。我们解开了失忆药剂！

我握住曼迪的手，点了点头。"重新开始！"我给了她肯定的答复。然后她和亚伦也做了同样的事。

之后，我们谁也不知道该怎么办，我用脚踢着沙子，思考下一步该说什么。

亚伦首先让我们摆脱了困境。"走，"他开心地说出了一直以来的愿望，"我们去主题公园吧！"我们还没有进去过，总是担心万一碰到曼迪怎么办，但我知道亚伦一直渴望去那里玩。

曼迪看上去很轻松。"酷极了，"她说，"我带你们到处看看。"

我们一起向海滩走去。"你可以告诉曼迪她错过的一切。"

亚伦说。

我不确定我能否信任她。但当我们一起散步的时候，我开始给她讲述她离开中心岛之后的故事，然后她告诉我布莱特港中学发生的事情。

世界上没有任何不能说的东西，也没有任何秘密，我们开始填补我们之间的鸿沟。

周日早上，当我一觉醒来，脸上仍然带着满足的微笑。我想不出为什么心情这么好，然后我意识到，我们消除了失忆药剂！曼迪和我又是朋友了！

这肯定是个新的开始吧？我第一次相信我们能完成尼普顿赋予我们的使命。就像他说的那样，我们会创造一个新的世界——一个人类和人鱼可以和谐生活在一起的世界。这一切都将在布莱特港开始！我们会通过尼普顿的考验！

我从床上跳了起来。时间还早，我可以听到从妈妈房间传出的鼾声。我决定帮她去商店买份报纸和现烤面包。

我悄悄地从船上爬了出来。爸爸已经去西普罗克了，他和比斯顿先生今天准备会见镇长。他们要解释发生了什么，看看如何能够一起来应对这种情况。我对自己微笑着，"任何形势"都不会是长远的问题了。我知道我们将要修补"栅栏"，一起建立新世界，一切都会好起来的。

当我走过码头时，脸上挂着微笑。

当我打开石板门，拿起面包时，仍然微笑着。

当我走向报摊时，我甚至还在微笑。

但这也是我停止微笑的地方。

"我——我能要一份——"我指着堆叠在柜台上的报纸比画着，感觉就像外国人通过大量手势在比画着想要的东西。

"你想要一份《布莱特港时报》吗，亲爱的？"柜台后面的女人问。

我点了点头。

她说，"今天的时报很抢手，因为通常头版不会出现这样的事情。"

我张开嘴试图回应，甚至已经动了动嘴，张开和合拢了几次，但什么声音都没有发出来。最后我只是点了点头。

那女人同情地看了我一眼，递给我一份面包。"三英镑。"她大声说，好像我是个傻子。我递给她一些钱，抢走了我的东西，然后关上了门。

我站在商店外面，看了看两侧的街道。我不能直接回家，我需要阅读整张报纸。这个时候我必须做好独自一人战斗的准备。

我坐在长凳上打开了报纸。头版上的一条标题，让我感到恶心。

"人鱼狩猎！"

在标题下，有几个段落。

在过去的二十四小时内，来自当地居民的声音淹没了这个地区，他们声称看到过人鱼。

通过对这些声音的调查，目击事件基本一致，这证明他们所说是百分百的真实！

对《布莱特港时报》和目击者来说，这些回忆仿佛只是刚刚出现的，这就成了一个谜团。许多目击报告甚至都是在几周甚至几个月前发生的。

丹尼尔·赛克斯是目击者之一。

"我不知道为什么我会记得这些，"他告诉《布莱特港时报》记者，"但是我可以告诉你们，我现在可以特别清楚地回忆起她了。那是海中的人鱼，有着一条闪闪发亮的蓝尾巴。"

赛克斯先生只是二十个目击者中的一个。虽然时间略有不同，但来访者都是在昨天中午回忆起来的。

加入我们的人鱼狩猎！现在就来联系我们，告诉我们你与人鱼的故事！我们会奖励给你人鱼明信片。如果谁能抓住人鱼，他就会成为当地的英雄！了解更多信息，请转至第二页。

我坐在长凳上，凝视着海湾，我觉得这次我真的疯了。狩猎人鱼成为当地的英雄？我仿佛直接回到了中心岛上，拉什顿先生向曼迪和她的妈妈吹嘘，他将如何利用我来获取全世界的财富。

就是这样，我的噩梦逐渐变成现实。

我的手握得很紧，指甲刺进了手掌。一定是曼迪！她假装是我的朋友，然后用她最残忍的伎俩玩弄我！

但这没有道理啊！她怎么能让所有的人都想起这件事呢？她可能有一个残忍的计划，但她肯定没有那么厉害，不是吗？

我恍恍惚惚地翻开报纸，继续往下看。

下面的东西让我更加震惊。

那是一张非常模糊和朦胧的照片。只能看到一个轮廓，但那个轮廓是什么很明显——人鱼。

随着我离得更近，看得更清楚，我的心沉得更低。那张照片——是的，虽然它是模糊的、是朦胧的，可能看起来就像一个人的剪影，但我可以清楚地看出来它是什么，尾巴，头发，甚至脸上的表情。对于我来说再熟悉不过了，他们甚至已经可以用大写字母把名字印在上面了。

你猜对了，这是一张我的照片。

第八章

我从长凳上跌跌撞撞地站了起来，把口袋里的报纸偷偷地藏起来。

我该怎么办？我可以去哪里？我不能待在布莱特港了。迟早会有人从照片中认出那是我，然后把我抓起来索要报酬。我最糟糕的噩梦真的要变成现实了。

我在栈道上茫然地走着，感觉路过的每个人都在盯着我。他们也买时报了吗？距离我被关进笼子里，然后被整个城镇的人观赏还会有多久？

这个问题有且只有一个答案：我要离开，我必须去海里。

我转过身走向海滩，我觉得我再也不想踏上陆地了。为了让两个世界和平共处，我已经付出的够多了！

我急忙跑到海滩，快速地环顾了一下四周，然后马上跑到码头下面，滑到水里看不见了。

出乎意料，已经有人在那里等着我了。

"爱美丽！"

我转过了身子。是曼迪！她走了过来。现在我觉得就是她干的，虽然我不知道她是怎么做到的，但目前没有其他比较合理的解释了。一定是她做的。

"你在这里干什么？"我厉声说，"幸灾乐祸？把你的快乐建立在我的伤口上，现在是你想看到的效果了吗？祝贺你，这次你做得很好！'

曼迪惊讶地瞪着我。"我不知道你这是什么意思？"她疑惑地问。

"我打赌你知道！从我和你谈话开始，已经有这么多人看到过人鱼了——多么滑稽啊。"我从口袋里掏出报纸甩到她的脸上，曼迪快速地扫过前面的页面。

她看着我。"爱美丽，不是我——"

"第二页还有一张我的照片！"我愤怒地说。

曼迪打开报纸，眯起眼睛盯着照片。"你怎么知道这是你呢？"她的语气里充满了疑问。"爱美丽，没人知道是谁。你几乎不能分辨它是一个——"

"嗯，但是我知道，你也知道。很快，全世界就都知道了。"

曼迪把报纸合上，"爱美丽，这跟我真的没什么关系，"她说，"昨天，我们重新成为朋友。好吧，虽然确切地说，我们早就是朋友了。但昨天我又记起了这件事，你知道我今天早上醒来时有多高兴吗？"

我回想起我醒来时的感觉。

"不只是因为我们再次成为朋友，"曼迪接着说，"这不是我唯一记得的事。我记得当我们救了所有人时的感觉。我想起了那种美好的感觉——做好事，让人快乐的感觉！"

我看着她，她微笑着，脸上不是她一贯的冷笑和嘲笑。她是真心的，这是这么多年来我没见过的样子。"你真的跟这件事没有关系？"我问。

"真的没有，"她在胸前画了一个十字，"我保证。"

我瘫倒在沙滩上。"那么为什么会发生这种情况呢？"

曼迪也和我一样躺在了沙滩上。她抓起一把沙子，让它们穿过她的手指，她喃喃自语，"也许这跟你和亚伦有关系。"

我把脚埋在沙子里。"什么意思？亚伦绝不会做那样的事。"

"我不是这个意思。"曼迪转过身来面对着我，"所有人都是从你和我再次交朋友后才回忆起了你，对吧？"

"是的。"我说。

"你是怎么做到的？昨天你谈到了你们拥有特殊能力的事情。"

我盯着地上，没有告诉她太多的细节。我目前仍然不知道是否可以信任她，但告诉她也没有多少损失。

"尼普顿有一种叫作失忆药剂的东西。"我开始慢慢叙述着，我告诉她整个经过——包括为什么我和亚伦会拥有颠覆尼普顿的力量。

"对，就是这样！"曼迪兴奋地睁大了双眼。我不知道这到底有什么值得兴奋的。

"是哪样？"我不解地问。

"你消除了失忆药剂！"

"对啊，这就是我刚才告诉你的，"我说，"这也是你为什么会记得我们是朋友。"

"我的意思是，不仅仅局限于我！你们解开了整个布莱特港的失忆药剂！"

"我——我们——"我开始语无伦次。然后我停下来盯着她看。"你太聪明了！"她一开口，我马上意识到，这也许是世界上最明显的事情了。这太明显了，以至于我根本没有往这方面去想！

亚伦和我拥有的力量，一定比我们能想象的还要强大。我们集中精力去解开失忆药剂，结果我们的力量扩展到了整个城镇。她的推测是对的，这是唯一合理的答案。

曼迪又提出了疑问："不过有一件事我不明白，为什么这里有这么多人鱼呢？"

"西普罗克。"我简单地说。

"西普什么？"

"一个人鱼小镇，"我回答，"一般人类附近很少有人鱼居住的地方，但西普罗克是个例外，所以目前人鱼面临着危险。我想这些年来已经有很多人看到他们了。"

曼迪看上去好像有什么要说似的。有一秒钟，我以为原来的曼迪要变回去了——就是那个嘲笑我的曼迪。但是没有，她只是点了点头。

"你打算怎么办？"过了一会儿，她继续追问。

我该怎么办？我知道的就是我必须离开布莱特港。我的第一个想法是前往西普罗克，但我现在在那里不太受欢迎！

然后我想到本来打算今天去见肖娜的。上个周日，我们约好要去寻找迷失的赛伦。

我跳了起来，就是这样！迷失的赛伦！也许我可以和她们一起躲藏起来！我们必须找到她们。

我抖掉衣服上的沙子，朝水边走去。曼迪跟在我后面。"你要去干什么？"她问，"你去哪儿？"

"你能帮我隐瞒一下吗？告诉我妈妈，我今天忘了告诉她，我要在肖娜那里待一整天。我得离开了，但我不想让她担心。"

曼迪点点头，"那么你一整天都不回来了？"她继续问。我想我至少会出去一整天，问题是这件事明天也不会消失的，所以我以后还是会继续担心。关于这件事，我唯一能做的就是躲藏。

"是的。"我说。

"那亚伦呢？"

"也请告诉他我去找肖娜了，我很快就会去找他玩，好吗？"

"好的。"她转身离开了。

"嗯，曼迪？"

她转过身，问："怎么了？"

我对她微笑着说："谢谢你，能再次和你成为朋友，我特别开心。"

她盯着我的眼睛，点了点头。"是的，我也是。"她的脸上挂着幸福的微笑。

然后，我最后扫了一眼布莱特港，脱掉凉鞋，跳进了大海。

"所以整个布莱特港都知道你了？"肖娜一边走一边问着早上发生的事情，我将一切都告诉了她。

"嗯，也并不完全是关于我的，"我说，"至少，我希望是这样。"也许事情很快就会过去的，人们会在几天内扔掉报纸，把所有的事情都忘掉。

是的，也许流言蜚语会慢慢消失。

但我还是觉得应该躲起来。

我们游过粉红色的灌木和石灰绿的岩石。海胆散落在海床上，像刺猬一样蜷缩着。光线穿过我们的身体，黑色波浪像斗篷一样抖动着，在我们游过的时候哗哗作响。

"关于迷失的赛伦，默林小姐告诉了我更多的事。"肖娜对我说。

"她还告诉你什么了？"我很高兴改变了话题。

"她大致找到了赛伦最后一次被目击到的地方。"她说，"上周上完课后，她更深入地研究了这个问题，她认为她已经发现了从来没有人发现的事情。这也许对于我们一点用处都没有，但我还是把它们的坐标放进了我的分度仪。"

"它指引你去哪里？"

"大约离这里有五英里，说实话，对于我们来说，几乎没有任何距离。"她的眼睛好像要从她兴奋的脸上跳出来。

这个表情，让我想到了早上醒来的布莱特港人，在买完《布莱特港时报》后，都渴望捕捉人鱼并获得奖赏的样子。

然后又想起了在第二页的我的照片，我颤抖着向前游去。"走吧，"我说，"我们还在等什么呢？"

我们已经游了几个小时了。海水变得越来越冷，也越来越深。一条孤独光滑的灰鱼游过我们身边，海底编织成网的海藻摇曳着。一群扁圆的鱼在我们旁边绕着圈，然后又消失了，在阳光照耀下它们像镜子一样闪闪发光。

在我们的周围，海洋生命又开始了它们的日常活动。就像身边没有两个四处游荡的入侵者，寻找着可能只是传说中的东西一样。

一只狮子鱼的爪子周围闪烁着华丽的斑点，一只腿部纤细的螃蟹在我们下方侧身摆动，像是在跳舞。

蕨类植物随着海洋的节奏时而打开和关闭。

"你确定你把正确的位置信息放进分度仪了吗？"我问，"我们现在肯定游了不只五英里了。"

"我们肯定一直在某个地方转来转去，"肖娜检查着她的分度仪，"除非默林小姐弄错了。"

我开始认为她一定弄错了，不过我什么也没说。肖娜最喜欢冒险，我不想打消她的兴趣。其实，目前我也没有更好的事情做。我再也回不去布莱特港了，在西普罗克也不太受欢迎。我能做的事情就只有找到迷失的赛伦，并恳求她们让我和她们一起消失。

"我们从这分开走，怎么样？"我提了建议。"你朝那边走。"我指着右边，那边长长厚厚的海藻像粗绳子一样伸展开来。而左边是我要走的路，粉红色的海绵像手指一样向上伸展，不停地张开和关闭着，好像在默默地乞讨。那边到处都是锯齿状的岩石，紫色和绿色的树枝堵塞着每一个缝隙。"通过这两条岔路大概需要十分钟，然后我们回来见面，"我说。

肖娜指着一块覆盖着苔藓的岩石，旁边生长出一棵树。"我在那边等你。"她说。

"给我十分钟。"我回复她。

肖娜点了点头，说："祝你好运。"

肖娜游到了远处，我游向另一边。

请让我找到她们，请让我找到她们！我一边游一边祈祷，并不断扫视着我能看到的每一块岩石和海藻，以防里面藏着秘密入口。在一切都变得安全之前，请不要让我回到布莱特港。

我在芦苇丛中游动，它们像一束切得很粗的意大利面条；还有大叶子的植物，像巨大的卷心菜；明亮的红色岩石，像斑驳的大理石一样闪闪发光。一条长长的鳗鱼和一条带着白斑的绿色鳗鱼，在芦苇丛里来回游动，它们把头戳进洞里，然后又拽出来溜走，两条鱼在近乎完美的舞步中亲吻。一切都慢慢地向后移动，这里没有什么要紧的事。

当然也没有迷失的赛伦。

我正要回去见肖娜，忽然有什么东西挡住了我。

一股水流在拉扯着我。这让我想起了中心岛上的传说——如果游得太远，就会被困在百慕大三角区。一阵水流从我身上抖动着掠过，就像一条鱼在我身上蠕动。那是什么？它要把我带到哪里去？

颤抖的感觉过去了。这不是那种海潮，也并没有把我拖到任何地方，根本就不像是在拉扯。感觉它更像是在指引我、帮助我。对，我想跟随它！

我放弃了抵抗，让水流来牵引着我。很快，我仿佛在水里奔跑，与一条布满黄色和黑色条纹的鱼比赛，嗖嗖地飞过蕨类植物和杂草。

然后水流变慢了，海水变得越来越暗，越来越冷了。我比刚才更加深入海底了，颤抖的感觉又回来了。我在做什么，漂浮在一股引领我奔向远方的水流上？我甚至没有看水流将要把我带向何方。但是我怎么能找到肖娜呢？

我到底在哪里？

我环顾四周。水流把我拉到一圈高高的岩石顶上。我看不到它们的底部，但它们包围着一个深坑，深坑就像一个巨大的井。我游到井边往下看，它的四围像瀑布一样。这肯定是不可能的吧？

我又能感觉到水流了。它把我举起来，使我靠近井的顶部，好像是在戏弄我，让我不敢下去。我应该下去吗？我可以下去吗？

我还没来得及做决定，水流已经把我推到井边。过了一会儿，又把我推到井口，推进瀑布里。

水从四面八方向我扑来，把我打翻过去，把我拉扯得越来越远，拖着我越来越靠近海底。我试图对抗它向上方游去，但显然这是不可能的。水流把我带到越来越低的地方，我的下降速度比我所知道的任何东西都快。我就像火箭一样，向海底驶去。

最后，我妥协了，让它拉着我一直向下。然后，在我意识清醒之后，它停止了流动——瀑布终于将我释放了。

我衣衫不整，浑身湿透，疲惫不堪，在一个黑暗封闭的岩石底部的洞里着陆了。

第九章

　　我环顾四周，眼睛渐渐适应了黑暗。我到达了井的底部，岩石充斥在我的周围。奇怪的是，湍急的水已经停了。我能看到的是一池清澈的水，我看得很清楚，水流流向很远的地方。

　　瀑布到哪里去了？

　　我试图再次游回井外，但一股巨大的力量阻止了我。我继续往回落，在同一个地点，倒在了地上。仿佛瀑布的力量还在那里，只是看不见它奔涌的水流。这听起来好像不可能，但却真实发生了。这就像是一个魔法。

　　魔法？一个神奇的地方？我找到了赛伦所迷失的地方吗？

　　我还没来得及想太久。

　　附近有声音！我突然转过身来，想看看声音是从哪里传出来的。我突然注意到井内的一侧有一个洞，洞口大到我可以游过去。一堆海藻从洞的顶部垂下来，就像厚厚的帘子。我推开海藻，从洞口游了进去。

我来到了一个较大的通道。我的上面是光滑的棕色石头，下面是倾斜的石板，逐渐向远处延伸着。在我的四周，墙壁上布满了石板、锯齿状的柱子、拱门以及洞窟。各种颜色的海藻悬挂在每个地方，它们像圣诞节的装饰品。在这些装饰品的后面，我又听到了"嗖嗖"的声音。在越来越明亮的光线下，我看到了一条尖锐的尾巴。

"肖娜！"我松了一口气，朝那条尾巴游去。

但那不是肖娜。

"你是谁？"那条人鱼和我异口同声地说。

她向我游过来。"你是怎么到这儿来的？"她惊讶地说，"从来没有人能够到这里。"

"我——我——我在大海里随便闲游，"我结结巴巴地说，"我到底在哪儿？你又是谁？"

人鱼游到我身边打量着我，围着我转来转去，游回来面对我。她脸色苍白，面容苍老。她看上去很老，但同时又几乎像是有一种永恒而奇异的美丽。她银色的头发太长了，一直垂到了地面。她在游泳时经常抚摸着她的尾巴——她的尾巴是淡紫色和粉色的混合色，就像是发霉的灰尘一样。她看起来有点像是找到了一个难得的，但并不是特别令人满意的发现。

她没有回答我的问题，而是挽起了我的手臂。"跟我来。"

我推开了她。"你还没告诉我你是谁。"我希望我的声音听起来更加勇敢一些。

她更加用力抓紧了我的手臂，拖着我向前游去。

她游过围着杂草的隧道，穿过岩石群和拐角处高高的通道，直到我们来到一个大的沙质广场。广场中间有一个巨大的柱子，四周的洞穴和拱门好像围成了几堵墙。

四个人鱼坐在空地上。一个在用一把临时制成的梳子梳头发——梳子看起来好像是用树枝做的；另一个则抓着自己闪闪发光的皮肤，凝视着；另外两个都坐在沙质海床上，一个看起来像是在用芦苇做东西，另一个似乎在沙子上玩着石头。

"看我发现了什么，"人鱼向其他人喊道。她们都抬起头来，每一张脸上都写满了震惊和难以置信。一分钟后，她们游过来围着我，盯着我的脸，伸手触摸我，检查我的尾巴。

"她是真的吗？"其中一个问道。

"我当然是真的！"我厉声说，她吓得跳了起来。

"她怎么进来的？"另一个问道。

"我会说话！"我说，"你为什么不跟我说话，而是问她问题？"

一直用芦苇做东西的人鱼挤在别人面前，愤怒地瞪着我，大概希望我能够闭嘴。

"别管她，尼林，"她说，"她只是个游客。这个回答满意吧？看，孩子都害怕了。我们让她放松一下。"

她的声音清晰而温柔。她看起来比其他人鱼年轻——虽然当我仔细观察她的脸时可以看到，她和其他人一样，额头上也有弯曲的小皱纹以及眼睛旁边的爪状线。她的头发也是银色的，但比其他人鱼的头发短一些。

其他人鱼点头表示同意。"莫尔维亚是对的。"其中一条人鱼微笑着对我说。她的微笑就像温暖的蜜糖，我的恐惧和愤怒好像瞬间消失了。"我们应该心存感激，"她继续说，"我们应该张开双臂欢迎她。"

尼林——那个把我带进来的人鱼，松开了我。而刚刚说话的人鱼拂过我的手臂，抓住了它。

"你说得对，"她温柔地说，"对不起，我真是太震惊了。这么多年，我们这里从来都没有过游客。"

另一条人鱼碰了她一下。"很少而已，"她纠正了她。"不要乱说了，你会给她留下坏印象的。"她伸出手抚摸我的头发。"看看这个被清洗过的'小珠宝'。女孩们，让我们向她说谢谢，她可能是我们的救星。"

"你说得对，梅丽莎，"尼林开心地围着我游泳。"像这样一个漂亮的小赛伦，"她喃喃自语。

"我——嗯，我不是一个赛伦。"我紧张地说。

一直在梳头的人鱼推了我一下，用一条细长的手臂搂着我的肩膀。"你当然是赛伦，亲爱的，"她的声音也很有魔力。"你不能那样说，放弃自己的身份是件可怕的事情——尤其是在一个如此年轻漂亮的人鱼身上。"她把我的下巴抬起来。"你不要听你洛尔莱阿姨瞎说，"她温柔地说，"你是一个年轻漂亮的赛伦，对吗？"

"好吧，是的。"我紧张不安地说。在那一个时间点上，我可能需要认同她说的任何话。因为她们都很好！我知道一些关于她们的事情，她们代表什么？温暖？和平？她们让我感到快乐，我想永远留在这里。在那一刻，我忘记了其他所有的一切。我所能想到的就是和这些人鱼在一起，享受这份温暖和平和。

"现在唱首歌怎么样？"洛尔莱用同样甜美的语调建议，她的笑容依然热烈而温暖。其他人鱼也停了下来，望着她，然后看着我。

"唱首歌？"我紧张地笑着说，"什么意思？"

其他人鱼围着我转了一会儿，脸上都带着同样鼓励的微笑。洛尔莱的胳膊仍搭在我的肩上。"唱一首歌，"她重复着，一种微弱的感觉悄悄地融入她的声音，"唱一首美丽的赛伦之歌，欢迎你来到这里，我们会跟你一起合唱的。"她的胳膊轻轻地放在我的肩膀上。

"你开始唱吧！"梅丽莎开始了她的甜言蜜语。

我突然大笑起来。"你显然没有听过我唱歌！"

我肩上的手臂更紧了。

"你这是什么意思？"洛尔莱微笑着问道，她的脸上忽然有一种特别紧张的表情。这个表情看起来像是画在她的脸上，不是很自然。

"我——我的意思是，嗯，我真的不会唱歌，"我说，"事实上，我唱歌很难听。"

人鱼们瞪着我，表情突然变得阴暗，充满了威胁的意味。她们更靠近我了，正面对着我，她们的脸看起来丑陋无比，她们的微笑虚假且令人厌恶。

"糟透了？"其中一条人鱼反问，然后她笑了起来，"你太谦虚了吧。"

我也笑了，只是我的笑更像是紧张的咯咯声。"我真的不是在谦虚，"我说，"甚至连我妈妈都让我不要唱歌，你要知道她的声音已经够糟的了！"

我肩膀上的手臂被抓得更紧了，洛尔莱的指甲已经嵌入我的肩膀里。"你——说——什么？"她低声嘶哑地问。

"哎哟！"我试图挣脱她的束缚，我的肩膀好像被蝎子蜇了一下。"我的意思是我不会唱歌！我都说了，我不是赛伦，也不会唱歌。如果你想要听美丽的歌声，那么你需要去找肖娜！"

肖娜！一想起她，我的心脏就跳了起来。她现在在哪里？我在这里待了多久？她还在等我吗？

一条人鱼推开洛尔莱，把手搭在我肩上。她轻轻地握住我的胳膊，把我从其他人鱼身边拽开。

"你还好吗？亲爱的，"她说，"我是阿玛拉，现在跟我说说肖娜的事吧，"她温柔地说，"她是你的朋友吗？"

我点点头。"她是我最好的朋友。"我的喉咙里哽咽着，就像塞了一块石头。

"这位肖娜，"她接着说，"她唱歌唱得好吗？"

"她是我们学校最好的歌手！"我骄傲地说。

阿玛拉笑着说，"那我们去哪儿能找到她？"

"我们一起来到这里。我们在寻找——"我停下来，环顾着人鱼，她们都凝视着我。我早就应该猜到了，这是一个隐藏在海洋深处的神秘地方，这里距离任何地方都很远。我既兴奋又害怕。"我想我们是在寻找你们。"我说。

尼林，第一个带我来到这里美人鱼，加入了阿玛拉和我的谈话。"没关系，"她说，"再告诉我们一些关于肖娜的事。"我可以听出她试着把声音表现得和蔼可亲，但她的声音实际上却充满绝望。"她在哪儿？我们去哪儿能找到她？"

"我不知道！我已经告诉过你了。我们一起来到这里，我们在寻找——"我觉得我的脸颊发热了，我停了下来。

尼林轻轻推了我一下。"继续。"

"我们在寻找迷失的赛伦。"我一边低头看着沙子一边说，假装毫不在意，所以我就没有看到她们震惊的表情。我想她们不知道自己已经是一个著名的海洋神话了，人鱼在学校里都要学习她们的故事。

两个又长又细、鲜艳的黄色手臂阻拦着我，我好像是在进行一场障碍比赛。"我们决定分两条路走，十分钟后再见面，"我继续说，"但后来我被水下的瀑布带到了这里，再也出不去了。"我抬头看着尼林，"然后你找到了我，把我带到了这里。"

尼林转向其他人，"我们需要找到这个肖娜，"她凶狠地说，美丽温柔的形象立刻完全消失了，"我们必须抓住她！"

阿玛拉噘起嘴唇，皱起眉头，怒视着我。"无论如何，你先试试吧！"她说。

"试着做什么？"我问。

"唱，"她简单地说，"快唱！"她又转向其他人。"她可能只是过于谦虚了，应该值得让她试一试。"她又转向尼林。"到那个地方去等着，"她说。"快点！如果有什么突发事件，马上回来告诉我们。"

尼林匆匆离去，我们默默地等待着。

她在说什么？什么地方？她们还在等待什么？

我还没来得及问，她就转过身来面对我，这一次甚至连假装的微笑都没有了。她停顿了一两分钟，然后嘴唇皱成一团。"来吧，孩子，"她说，"唱歌！"

我别无选择。不管怎样，试一试总没有什么坏处吧？只是现在我的脑子里好像一片空白，我想不出一首歌。

"唱啊！"阿玛拉不耐烦地重复着，"你还在磨磨蹭蹭干什么？"

我的脑袋回忆起了唯一能想到的东西——童谣。

"一闪一闪亮晶晶，"我清了清嗓子，开始唱着，虽然我又跑调了。"满天都是小星星。"

我停了下来，人鱼都看着我，她们的脸上充满了恐怖的表情。

阿玛拉是第一个说话的人。"你让我已经忘了海洋的名字了。"她吐了口唾沫。

"我告诉过你我不会唱歌。"我抗议道。

过了一会儿，尼林游回了空地，加入了阿玛拉。"没关系，"她安慰着阿玛拉，"这种力量同样强大。但我们需要另一条人鱼，就是这个肖娜。如果她们两个人刚刚走散，那么她一定还在附近。"

"如果她俩真的是要好的朋友的话，当她发现最好的朋友失踪时，肯定会来找她的，"阿玛拉补充道，"我们需要她。"

"你说得对，"梅丽莎说，她的声音充满绝望，"她不可能在很远的地方，我们应该分头去找。"

她们俩在空地的另一边谈话，策划着一个寻找肖娜的计划。我能听到她们谈话的只言片语，但我听不懂她们具体在说什么。

"我们得去寻找她！"其中一个在说，"也许她拥有让我们离开这里的声音，我们需要听她唱歌。"

"这是我们多年来最好的机会了。"另一个回答。

"我们最好的机会,"第三人补充道,"找到这个赛伦,一切都结束了。"

"只要她来到这里就行。"

"你知道,如果她们找到了这个地方,她一定会进来的。她是无法抵抗这种力量的,也没有什么能够抵抗。这种力量唯一的问题,就是进来的东西都不能再出去了,这一点我们都清楚。我们需要这个叫肖娜的赛伦来帮助我们离开这里。"

我向她们游去。"你在说什么?"我问,"我有权利知道!"

阿玛拉把头向后一仰,笑了起来。"是吗?你想和我们谈权利,是吗?哈哈!"她直挺挺地游到我的面前,凝视着我的眼睛。"我会告诉你我们在说什么,虽然你是个没用的小姑娘。"

我想表现出她说的话好像打动了我。不过,我并没有那样做,只是等她继续。

"我们被困在这里了。我们不知道为什么会这样,我们也不知道如何出去。被困这里一段时间之后,我们甚至不知道现在已经什么时候了。"

莫尔维亚向阿玛拉游去。"走吧,不是这个女孩的错,"她说,"让我们——"

阿玛拉摇了摇头,"不仅如此,"她说,"我们每个人都被剥夺了唱歌的能力。你知道这对赛伦意味着什么吗?——我们失去了最宝贵的东西!"

"阿玛拉，你知道我们的歌声不是最好的，"莫尔维亚继续劝说着阿玛拉，"梅洛迪才是最好的，我们都喜欢她，不是吗？"

"没错。就像你一直以来那么做的，继续喜欢你的梅洛迪吧。现在连她自己都不想为自己辩护了。"

"她以前对我们难道不好吗？"阿玛拉冷笑着说。

"我们走吧，不要掉队，"莫尔维亚说，"我还以为你想要找寻年轻的赛伦呢。"

阿玛拉转过身来，她的尾巴很尖，像一把镰刀在水中划动。

"你说得对，我们在浪费时间，"她说，"让我们去帮助其他人吧。"

"那这个女孩怎么办？"尼林问。

莫尔维亚脱离了其他人鱼。"我去看看她，"她很快地说，"你先走吧，我随后赶上。"

赛伦们迅速地交换了一个眼神。"好吧，"阿玛拉说，"把这个孩子放在安全的地方，我们以后再教训她。"说完，三条人鱼就游走了。莫尔维亚把我推向相反的方向。"我们走吧。"她说。

"你是什么意思，你会监视着我？"当我们游到空旷的山顶，沿着一堵黑暗的墙壁游动时，我问道。

"别担心，我不会伤害你的。"莫尔维亚说。我们继续静静地沿着岩壁游泳，游过一路黑暗的洞穴。

我们经过一个低洼的山洞，门口挂着锯齿状的岩石，绿色的石墙上装饰着粉红色的蕨类植物，像羽毛窗帘一样悬挂着；在石山坡下的两侧有粗壮的柱子，大概有上百个不同形状和大小的柱子。

莫尔维亚停在一个大洞口前。"就是这里了，"她说，"进来吧。"她游到了休息室。我跟着她游到门口，环顾四周。巨大的紫色叶子像两片扇形展开，茂密的绿色苔藓在角落里形成了海绵状的座位。一个果冻状的床靠着一边墙壁，一块巨大的石头被堆得很高，这里看上去像是用浮木和石头做成的自制珠宝。

莫尔维亚指引我向前游。"这是我的房间，"当我环顾四周时，她向我介绍，"你就待在这儿别乱跑。"然后她对我微笑，她和别人微笑的方式不一样，也没有咆哮。"你就在这儿等着我好了。"

"如果我不想待在这里呢？"

莫尔维亚又微笑了。"不要说这种话了，"她温柔地说，"恐怕你是不能出去的。在你离开这里之前，我的家会是一个令你愉快的地方。"她低下头，紧张地在沙子里摇尾巴。"前提是，你能离开的话。"她补充道。

我没有答话，随着她的离开，她的话也渐渐地消失了。"如果我可以离开？她是什么意思？"

我越想越糟糕。根据肖娜的老师所说，迷失的赛伦已经在这里生活了很多年，现在我也加入了她们。当我意识到我将要经历什么时，一阵寒战掠过我的全身。

　　我找到了自己想要的道路，但是从她们的谈话中以及我所经历的事情来看，我走出去几乎是不可能的。除非肖娜唱歌能够创造某种奇迹，否则结论只有一个。

　　我将和她们一起，永远困在这里。

第十章

　　我的肚子开始咕咕地叫了。我被困在这里多久了？我希望在出去之前能够饱餐一顿。但我很清楚我的这些"新朋友"是不会满足我这个愿望的。

　　我游遍了莫尔维亚的房间，望着大门外更加宽阔的洞穴。这里到底是什么地方？

　　一眼望去，到处都是岩石嶙峋的墙壁，到处都是奇形怪状的石头。它像是山顶上的教堂尖塔，又像是一个巨大的倒置果冻，又像是一个结婚蛋糕，又像是一个象鼻，这些东西分散在洞穴各处，就好像是有人随意偷来了上百个物体，然后把它们变成石头放在这里。

　　我看到一条尾巴从暗礁下一闪而过——有人来了。

　　我悄悄地躲在黑暗中窥视着，等着她过去。

不过她突然向着我游了过来，出乎意料的是，她只有一个人。我看着她从我身边掠过。

等一下！那不是赛伦，那是——

肖娜！我从黑暗中飞奔而出，把她拉到窗台上。

"爱美丽！"

"肖娜，你终于找到我了！"我开心地说。然后我突然想起来赛伦也在寻找她，我赶快伸手抓住她，把她拉了进来，"哦，或者说现在她们已经找到你了？"我又思考了一下。

"谁都没有找到我？嗯，你在胡说些什么。我只是——"

"还是她们还没找到你？"

"谁都没有找到我？嗯，你确实有点奇怪。我只是——"

"你是怎么来到这里的？"

肖娜的眼睛睁大了，充满着兴奋，因为她总对冒险充满着兴趣。"嗯，这件事说起来很神奇，"她自顾自地描述着，"我甚至都不知道发生了什么，我只是感觉到一股强大的水流牵引着我前进。真是太神奇了！然后我就发现，我正在向下快速地坠落，水流围绕在我的四周。"

"就像一个水下瀑布？"我问，"然后你就进了井里。"

"就是这样！我很害怕，但是当我到达底部时，我抬起头看了看，瀑布却消失了。我想，只要我能再次找到那个位置，我们就可以随时游出去。"

"那你有试过吗？"我忧郁地问。

肖娜摇摇头。我正要解释，房间外面传来了声音，事情不会像她想象的那么简单——有人来了。

我抓住肖娜，游到角落里的紫色蕨类植物旁边。"快！躲在这后面。"我焦急地催促着她，游动的声音越来越近了。

"为什么？"肖娜问，"嗯，发生了什么事？"

"我一会儿再告诉你，"我说，"现在——"

但是已经太迟了。赛伦们转过一个拐角，进入了房间。是阿玛拉和洛尔莱。

她们立刻就发现了我，朝着我游来。"好运从来都不会眷顾我们，"阿坞拉咆哮道，"那么我们现在该怎么办呢？"

然后洛尔莱向旁边瞥了一眼，发现了肖娜。"等等！"她说，"这是什么？"

阿玛拉扫了一圈，也发现了她。咆哮声消失了，在一片沉默中，她微笑着，就像她们早些时候对我表现的那种虚假的热情。"肖娜，她们在欺骗你。"我在心里默默地说，希望她能听到我的心里话。相信我，不要上当受骗。

阿玛拉游到肖娜身边，停在她身侧，轻轻地把尾巴放在她的身体下面。"你好，漂亮的赛伦，"她的声音动人心魄，"你就是肖娜吧。"

肖娜微笑地看着阿玛拉，她那双大大的圆眼睛里充满了天真和兴奋。"你是怎么知道的？"她问。

阿玛拉把头歪向我。"从你的朋友那里听说的。"她说。

　　洛尔莱游到阿玛拉身边，向肖娜伸出手来。"我们听说过很多你的故事，"她的语气听起来就像她们是久违的好友。

　　肖娜笨拙地伸出手，准备握住洛尔莱，但洛尔莱却立刻抓住了肖娜的手，翻过来检查手背。"哦，看看，和那些漂亮的女人比，"她的声音里透出了惊叹，"我想你是我见过的最漂亮的赛伦！"

　　肖娜的脸红了。她解释说，"这周我们在仪态修养课上做了指甲装饰。"她转过身来，脸色更红了，然后补充道，"而且，我得到了最高分。"

　　"仪态修养课——噢，那是我在学校最喜欢的科目。"洛尔莱的声音听起来像是一种苦涩的咯咯声，并且夹杂着一种渴望的叹息。

　　"我也是！"肖娜喊道，"我也超喜欢。"

　　"好吧，太棒了，我们现在已经有这么多共同话题了。而且，唱歌——这是我在学校里最喜欢的事情。"洛尔莱舔了舔嘴唇，好像她正在把肖娜放在盘子里品尝。

　　"哦，唱歌也是我的最爱。"

　　"肖娜！"我的情绪突然爆发了，我再也听不下去了，"别告诉她们别的事情！"

　　肖娜盯着我。"你是什么意思，爱美丽？为什么我不应该告诉她们？"

　　"她们实际上并不是你看到的样子！她们是邪恶和卑鄙的，

她们想利用你达成自己的目的。"

"什么目的？"

我犹豫了一下。"我不知道，"我低着头，"但是相信我，你不要听信她们的谎言！"

阿玛拉发出温柔的笑声。"哦，亲爱的，你嫉妒了吗？"然后，她伸出细长的手臂，抚摸着肖娜的头发。"你太漂亮了，"她说，"如果你的歌声也和我们的一样动听，我相信大家都会十分高兴的。"

肖娜也在对着阿玛拉微笑。

"肖娜，请不要相信她们，"我恳求道，"不要被她们的表象愚弄了。"

肖娜转向我。"她说得对，"她一边说一边对阿玛拉伸出拇指，"你吃醋了。你只是不想让我得到所有的关注，是吗？因为通常你都是被关注的焦点，现在轮到我了，你不喜欢这种感觉！"

"肖娜，根本不是这样！"我十分焦急，"我不会这样的！"

"够了！"洛尔莱突然插嘴了，"去通知其他人，我们发现了小赛伦。"

被称为赛伦，肖娜看起来很高兴，她的样子让人会以为她刚刚被加冕为王后。

阿玛拉和洛尔莱离开了，把肖娜拥簇在她们中间。在她们离开房间之前，我抓住了肖娜的胳膊。

"肖娜，我什么时候对你撒过谎？"我问，"我什么时候阻碍过你得到关注了？"

她静静地待在水里，紧张地摇着尾巴，皱起了眉头。"我不知道，"她说，"我想你没有。"

"那么，相信我，"我急切地说，"她们一点都不可靠！"

阿玛拉从莫尔维亚房间的橱柜里拾起一把梳子，用长而柔嫩的手臂抚摸着肖娜的头发。"你的头发太光滑了，"她温柔地说，"我想我从来没有见过这么柔软、完美的头发。"她对肖娜微笑时，脸上充满了惊奇和钦佩的神情，我几乎都要气炸了。

"你一定弄错了，"肖娜轻声说，"对不起，我知道你不会故意阻碍幸运降临在我身上的，我刚才不该这么对你说话。但能够成为赛伦的一员，是我梦寐以求的事情！请不要让这个梦破碎，好吗？"她恳求道。

我还没来得及说什么，洛尔莱抓住了肖娜的胳膊。"走吧，"肖娜显然没有注意到她那种诱惑的声音。"快走吧。"

"那爱美丽怎么办？"肖娜问。

洛尔莱离开了她，向我游过来。"作为特殊的客人，我会把爱美丽用一种特殊的海藻包裹起来，然后让她好好享受一下这里的温泉。这听起来不错吧？"

我感觉她可能是想把我裹在海藻里，然后让我静静地腐烂。不过，抱怨也没多大用处，因为她已经把我带到门外了。肖娜和洛尔莱一起向前游着，所以她没有看到阿玛拉的手紧紧地抓住我的手臂，她的指甲在我的皮肤上留下了红色的痕迹。

我花了很长时间才弄明白阿玛拉把我带到了哪里。我又被带回了井里，只是这一次，她把洞口用一块石头堵住了，石头太重了，我一个人没办法推开。

我在四周游着，摸索着出路，但是并没有什么用。我试着往上游，但依旧无法逃脱。那条看不见的瀑布一次又一次地把我冲下来。

我趴在地上，尽量不去想这个愚蠢、绝望、可怕的困境。事情怎么又发展到这个地步呢？每次我试图解决一个问题时，总是能够产生一个更大的问题。

我低头看着昏暗的海床，它是由两个圆形的海床相互嵌合而成的，一个是蓝紫色的，一个是橙色的，它们轻轻地互相拍打着，绕过井的表面，一圈一圈地向上攀升着。在我听到特殊声响之前，我仍在苦苦思索出路。

我把自己卷成一个球，用胳膊搂着我的尾巴。来的应该是赛伦中的一员，我希望是莫尔维亚，因为她不像其他人鱼那么凶恶。

但声音是从我上面传来的。

我跳起来，伸长脖子往井外看。

"爱美丽。"

　　我的心怦怦跳。听起来很像——但这是不可能的吧？——真的是他吗？我不敢奢望。我肯定是听错了。这就像一个人被囚禁在黑暗牢房里的时候，会出现幻觉一样。我的精神又沉了下去，好像也被扔进了黑暗、绝望的水下牢房里。

　　"爱美丽，你在这里吗？能听见我说话吗？"

　　我又抬起头来，而且这次我也看到了他。我不是在做梦！井的顶部有一条裂缝，以及一张脸。虽然我看不清那张脸，但我知道那是谁，真的是他！

　　"亚伦？"我叫道，这个名字在墙上回荡，向他盘旋而去。

　　"爱美丽！你在哪里？你在井里吗？"

　　"是的，我在这里，我可以看见你！你能看见我吗？"

　　亚伦摇了摇头。"我能看到的只有水！"他大声喊道，"我一直在四处寻找你们，这里是我最后的希望了。"

　　"你怎么知道我在这儿？"我喊了回去。

　　亚伦停顿了很长时间。我仍然能看见他的脸靠在井边——但他没有回答。

　　"亚伦？"我又试着喊了他一声。

　　"你别生气，因为我一直跟着你们，"他最后支支吾吾地说，"曼迪告诉了我事情的经过。我知道你和肖娜在一起，但我依旧很担心你。我只想默默地跟着你，但后来你们两个都失踪了。我就一直在努力寻找你们，我有种可怕的感觉，你好像出了什么事。"

这么说来的话，他并没有错。

"你能出来吗？"他大声问我。

我摇摇头。"很困难。"

"好吧，那我就下去接你，"他喊道，"你稍微等一下。"

我看着他游到井口边。我屏住呼吸，尽力不让自己大声笑出来。是的，亚伦来了！他是来救我的！

然后我想起了可怕的事情。

"不！"我尖叫起来，"别下来！"

"为什么？怎么了？"亚伦听起来很伤心，"你只想和肖娜在 起吗？如果你愿意，我马上就离开，现在知道你是安全的，那么我就放心了。"

"不！不要走！"我叫得更厉害了，"但也不要下来。"

"不要下去，但也不要离开？那么，你想让我做什么？"

"你不能下来，"我尖叫着，"如果你下来的话，你就再也不能出去了。她们刚才说，这个地方可以进来但不能出去。任何人都不例外！我不希望你也被困在这里。"

"谁说的？"亚伦问，"你和谁在一起？嗯，我要下去了！"

"不！"我恳求道，"是迷失的赛伦，她们都被看不见的瀑布困在这里。这种情况很不正常，就像有魔法一样。"

魔法？嗯，听到这个词——他停了下来。

"亚伦？"

他停顿了好几秒。"你说的是魔法？"他终于回话了。

"是的，就像有人对她们施加了诅咒一样。"我突然也停了下来。

"爱美丽？"亚伦气喘吁吁地说。

"诅咒——"我重复道。

"你知道我在想什么吗？"他问。

"如果赛伦因为诅咒而被困在这里，也许我们可以消除它？"

"对！"

但是，就在我重新燃起希望的时候，它又一次破灭了。"如果要让魔法失效，我们的手必须接触，我们怎么能做到这一点呢？"

"也许我应该下去，我们一定会从这儿出来的！"

"不！"我喊道，"你不值得冒这个险。我们需要瀑布停下来，如果你下来而瀑布没有停下，我们都会被困在这里，再也不能回到外面。"

"好，听着，"亚伦喊道，"不要犹豫，尽可能地抬起你的手，伸展你的手臂。"我的精神随着他的话语又恢复了。

我试着从隐形的瀑布上游过去。可能我的体重太大了，我一直往下滑。我鼓励着自己，来吧，穿过它！

我拼命地甩着尾巴向上游，双手紧紧抓住岩石边，并试图向上爬去，但都没有用。我用尽办法也无法离开，赛伦说的是对的，没有人可以离开这里。

"这是不可能完成的事。"我失望地喊道。

"不，不是的。不要沮丧。"亚伦试图安慰我。

"我做不到，完全不可能。"我用尽全力让自己游到瀑布的水流中，但只需要大约一秒钟，我就会掉下去。

"可能我们需要一些工具。待在那儿，别动。"亚伦转身去找能够帮助我们的东西。

如果我还有一点力气，我一定会笑出来。我还能去哪儿？我已经无路可走了，好吗？

"我马上就回来，等我一下，好吗？"

我瘫倒在地面上，浑身湿透，疲惫不堪。

十分钟后，亚伦的脸又出现在井的顶部。

"我把它们绑起来了！"他把找到的工具展示给我看。"我把一根长长的海草绑在我的肚子上，然后把另一头绑在一块石头上，我要慢慢地把自己放下去。""当我说'就是现在'时，你就尽可能地让自己游得高高的。如果我们在恰当的时候拉住手，魔法也许就会消除。"

这个机会听起来有点渺茫。但是，这个渺茫的机会比我想出的任何方法都好。"好吧，就按你说的来。"我叫了起来。

我看着亚伦把自己放进井里。随即，他急急忙忙地滑落，然后在水中旋转，砰砰地撞在墙壁两边。但后来他不再往下走了，他悬在井边，像是在水流中蹦蹦跳跳。他抓住中间的海藻，一点一点地把它放出。然后他给了我一个竖起大拇指的手势，我旋转着尾巴，准备游上去，这是我游的最努力的一次。我摸索着岩石墙壁，寻找最合适的地方用力把自己推上去。

亚伦慢慢地下落，离我越来越近。我紧紧抓住墙，把手指插进石头里。

"就是现在！"他大声喊道。

我的尾巴拍打得很快，感觉就像螺旋桨一样，我用一只手使劲抬起身子，用另一只手臂向上爬。我什么也看不见——水流的力量把我往下推。没关系，没关系，这只是旋转的、凌乱的水，我试图安慰着自己。我更用力地抓着石头，想把自己推得更高一点，另一只胳膊挥舞着，盲目地寻找着亚伦的手。"来吧，亚伦，你在哪里？"我的心里默默想着。

然后我感觉碰到了他！他的手碰到了我的手。我们的手摩擦而过，但只接触了一秒钟。时间还不够，因为瀑布仍在急流而下。

我选择了放弃——因为我不能再坚持更长时间了。

我在不停地下滑，我的手在黑暗的水中胡乱地寻找着希望。幸好，亚伦再一次握住了我的手。然后我用另一只手抓住了他的手，好像我的生命不能离开他，也许事实就是这样。

他的手十分温暖。他紧紧地抓住我，但什么也没发生。"请停下来，"我默默地对瀑布说，"请冷静下来。"

然后，我空虚地闭上眼睛，仿佛耗尽了所有精力。我的手从墙上滑落，我的尾巴毫无生机地拍打着——一切都结束了。

当我再次睁开眼睛时，亚伦正站在我面前，咧着嘴笑。我是在做梦吗？我一定是昏过去了。嗯，这是个美好的梦。我希望任何人都不要叫醒我。

"我们成功了！"他把缠绕的海藻从肚子上解开。

"嗯？你是说我醒了？"

亚伦放开了海藻。它慢慢地往下掉，轻轻地摆动着。"看看你周围。"他说。

这时我才意识到我的脚下没有地板，我们自由地在井外游动！

"我们成功了！"我说。

亚伦笑了。"我肯定附近已经有人意识到了这一点！"他握住我的手，开始往上游，"快点，我们离开这里吧。"

我把手拽了出来。"我们不能丢下肖娜。"

"她也在这儿？"

我点点头。"我不会离开她的。"

"不，当然不能丢下她，"亚伦回答，他跳起来往下游，"那我们还等什么？"

我们游到井底，然后我想起了一些事。"亚伦，我们出不去的。他们在门前放了东西。"

亚伦游到了岩石旁。他用力地推了一下，岩石稍稍倾斜了一下。他说，"我们可以出去，来和我一起推。如果它摇晃了，我们就可以把它推出去。"

我加入了亚伦的行动，我们用手臂推着，用尾巴推着。最终，岩石摇晃了起来。虽然只有一点点缝隙，但已经足以让我们两个穿过去了。

我在前面领路。"走吧，我们去寻找肖娜。"

第十一章

我们游过了一条隧道，它越来越倾斜和窄小，也越来越弯弯曲曲。它的顶部是灰色锯齿状的，两边都有小洞，小到不能游过的那种。

隧道把我们引向一个高拱门。我们游过一个洞口，环顾四周。这里空荡荡的，一排高高的块状岩石紧紧地挤在一起，就像山丘上的村庄一样。我们上面的石头看起来像一张纸，折叠卷起，挂在天花板上。左边的柱子像一个向上伸展的巨大手指。

亚伦游到一个深凹处的高高一侧。"爱美丽，看！"

我游到他跟前，又是一条隧道。

"来吧，让我们再找找，"我说道。所有东西都变成了奇怪的形状，看起来都在盯着我们，嘲笑我们的每一个错误举动。

我们游进了隧道。在黑暗消失的一瞬间，我们来到了另一个空间。我揉了揉眼睛。"我们到了！这就是我上次见到肖娜的那个地方。"

亚伦说，"我们现在需要弄清楚她们把肖娜带到哪里去了。"

我们沿着蜿蜒的小径前行，绕过山洞的内部，扫视着经过的每一个洞穴，并大声呼喊着她的名字。但没有回音，整个地方都是空荡荡的。

"看那里！"亚伦指着我们刚刚穿过的一个高高细细的柱子，它就像童话故事里一座被遗忘的塔，负罪之人会被永久锁在里面。

我颤抖着游了过去。

"等等！看这边！"

亚伦游回我身边。这里是一个洞穴，但它有一扇门。一个真正的门，不是像其他由岩石天然形成的帷幕一样。它看起来像是用船的甲板制成的，而且上面有一个生锈的门锁。

我抓住了门锁。"这个确实是门锁，帮帮我。"

我们开始慢慢地拉着门锁，直到它松开为止。我推开门，游了进去。

我的双眼花了一段时间才适应了黑暗，然后看到一些东西蜷缩在远处的角落里，我朝着那边游了过去。

她将头埋在环抱着的手臂里，肩膀和尾巴翘起，死气沉沉。

"肖娜！"我哭着喊道。

她转过泪痕斑斑的脸。"爱美丽，"她立刻站起来，把尾巴放下来。"你终于来找我了！"

我拥抱了她一下。"我当然会来找你的，要不我怎么办？抛弃你吗？"我把她拉到门口，"我们走吧。"

这时她注意到了亚伦。"亚伦！你怎么也在这里？"

亚伦尴尬地说："以后我会解释的，现在我们还是赶快离开这儿吧。"

肖娜停了下来。"等等，我有话要说。"

我叹了口气。"拜托，肖娜。我知道你认为这些赛伦是最完美的，但我现在告诉你，那不是她们的真实面目。你一定要相信我，她们——"

"爱美丽，别说了。我想说的是，你说得太对了。"她低下了头。"我的脑袋就像鲨鱼一样愚蠢，"她平静地说，"我本应该听你的话，本应该信任你的。因为你从来没有让我失望过，也永远不会让我失望，对不起。"

"发生了什么事？"我问，"你是怎么到这里来的？"

肖娜的眼睛里闪着泪珠，在黑暗中闪闪发光。"她们让我唱歌，然后她们说我唱得还不够好。"

"这也是她们对我说过的话，"我笑着说，"当然，这个评价对于我来说，是恰当的。"我笑了，肖娜也跟着笑了半天。"但你是个出色的歌手。她们根本不知道自己在说什么！"

肖娜拍了拍她的尾巴。"她们告诉了我她们的故事。"

亚伦游过房间，在我身边转着圈。"什么故事？"他问。

"关于她们怎么到这儿来的，以及她们已经被困在这里很多年了。她们从小到大都一直是朋友，而且其中一个赛伦，是世界上最好的歌唱者。"

"是尼林小姐告诉你的那个赛伦吗？"我说。

肖娜点了点头。"她叫梅洛迪，后来发生了一些事，她离开了很长一段时间，当她回来的时候，她就不能唱歌了。每当她尝试唱歌的时候，总会发出可怕的声音。梅洛迪告诉大家，她要离开家，她们虽然不知道这是为什么，但是因为她们一直以来都生活在一起，所以也决定和她一起离开。"

"所以她们到了这里？"亚伦问。

"是的。她说她们只需要在这儿待一段时间，但是在到达这里后，厄运就开始降临。其他的赛伦也纷纷失去了歌唱的能力，随后瀑布就出现了，从那以后就再也没有停止过。瀑布是这个地方唯一的出入口，所以我们永远不可能逃脱出去。"

我想告诉肖娜她错了——我们现在就要出去了！但我想继续听完故事的其余部分。

"梅洛迪告诉她们，唯一能够打破瀑布魔法的是赛伦美丽的歌声。她说，如果她们能恢复唱歌的能力，她们就能出去了。"

突然之间，好像一切都豁然开朗了。"这就是她们拼命要我们唱歌的原因了。"我自言自语道。

"当我开始唱歌的时候，她们看起来都很高兴。但是当她们中的一个出去看过瀑布之后，她告诉其他人，你倒在地上蜷缩成一团。然后——”她的声音低了下去。

“她还说了什么？”

“她说你看起来非常害怕和痛苦，她们好像在看笑话一样。”

我很庆幸她没有在瀑布停止的那一刻过去！如果她们愿意的话，就让她们随便取笑我吧。我们才是笑到最后的人。

“但当她说到瀑布什么也没发生时，她们的脸色完全变了。她们转向我，冲着我的脸低吼，说我的歌声是——”肖娜停了下来。

我向她游去。“她们说什么？”我轻轻地问。

肖娜把她那忧郁的大眼睛转向我。“她们说因为我唱得不够动听才没有起作用的。”

“然后她们就把你扔到这里来了？”亚伦说。

肖娜点了点头。

我握住她的手。“没关系，我觉得你的歌声美妙就够了，不要管那些愚蠢的老赛伦。更重要的是，你的歌唱老师也是这么认为的！”

肖娜低声说：“但她们是真正的赛伦！她们知道什么才是最好的，不是吗？”

我用手轻轻托起肖娜的下巴，抬起她的脸，就像妈妈想要确定我在认真听她讲一样。“她们的意见一点也不重要，她们不知道自己在说什么。她们是痛苦的、扭曲的、讨厌的。肖娜，你要知道她们再也唱不出来歌了，如果这时一个美丽的赛伦游到她们身边，给她们唱着美妙的歌，她们一定会嫉妒的。对吗？"

肖娜勉强笑了笑。"对。"她冷漠地说。

"不管怎样，"我继续说，"你猜怎么着？我们要离开这里了！"

"但是我们是出不去的！赛伦说美妙的歌声是唯一的出路。"

"嗯，这更证明了她们的无知，因为我们找到了让瀑布停下来的方法。现在我们需要游回井口。"

"真的吗？但你怎么会拥有这种力量呢？！"

我把头探出门去，看看隧道是否畅通。"嗯，我们有这种力量！我们会在路上告诉你一切的。"我游回黑暗的礁石，向他们两个示意，"走吧，让我们离开这个令人厌恶的地方！"

"再试一次，"我大喊道，"一定是哪个地方出错了。"

亚伦和我站在井的中间，但肖娜仍然在海底，在井里悄无声气地飘荡着。

"我上不去，"她喊道，"水流太强大了。"

"等一下，我来帮你。"

我游了回去，握住肖娜的手。我想把她拉上来——但毫无用处。我可以独自在平静的水中游泳，但我不能把她拉到我身边，就像有什么东西在拖着她往回走。

亚伦也参与了进来。"出了什么问题？"

"我能看见平静的水流，"肖娜说，"但是如果我试着游进去，瀑布就好像仍旧在那个地方一样，一直把我推回来。我没有办法游过去。"

在我们消除魔法之前，我好像也是这样。

肖娜的嘴抿成了一条线。"你们走吧！"她快速地说。

"为什么？"

"很明显，只有你和亚伦可以通过井口，因为你们的能力只会对你们两个有用。"

"肖娜是对的，"亚伦说，"一定存在什么问题。"

我看着他们俩，我最好的两个朋友。或者说是我最好的一个朋友——嗯，我仍然不知道亚伦到底算是我的什么。就像我不知道为什么瀑布只会在我俩面前停下来一样。我们显然没有随心所欲控制一切的能力。嗯，这也算是合情合理。因为尼普顿施加魔法的地方，没有任何事情是简单的。

但是我知道一件事，那就是我们三个人要一直在一起。

"我们不会离开你的。"我对肖娜说。

"但是你们没有别的选择。"

"是的，我们没有别的选择，"亚伦说，"但是你觉得，我们会抛下你，安心地逃走吗？"

"但是——"

"没有什么但是，"我说，"不管我们做什么，我们三个都要一起。在把你解救出来之前，不会有人单独离开，你明白吗？"

亚伦和肖娜互相看了看，然后都转向我。"没问题。"他们异口同声地说。

"太好了！"我停顿了一下，"现在我们需要制订一个计划。"

我们静静地坐着，每个人都在思考。我的想法基本没什么用处，所以我决定先不说出来，我猜他们俩也有同样的想法。

我看到一条孤零零的背脊鱼在我面前滑行，每隔几秒钟啄一次海床，然后继续前进。它看起来很有目的性，因为它知道要去哪里以及如何到达那里。

洞穴外突然发出的声响打断了我的思绪。海藻窗帘第二次被掀开了，有人进来了！

我们三个人跳起来，游到最远的墙壁旁。当我们把自己藏在岩石后面时，我祈祷我们能在洞穴的暗影中变得无形。

过了一会儿，一张脸出现了，一个赛伦游到屋里。

她环顾四周，立即看到了我们。她把她的头发拨到脸的两侧，游到我们面前，笑了笑。"找到你们了！"她开心地说着。

我们从岩石上跳下，游到井的中央。"不要过来，我们有三个人，你只有一个！"我想我的声音听起来又洪亮又勇敢。当一个人害怕的时候，事情说起来总比做起来容易，这是每个人都知道的道理。

赛伦向我靠近，我本能地退缩了。

"我不会伤害你的。"她温柔地说。我认出她来了，她是之前那个和蔼可亲的人鱼——莫尔维亚。

亚伦游过去和我靠在一起。他把胸膛挺起来，伸出下巴，用力甩着尾巴，使自己显得更高大。"我们为什么要相信你？"他问，"我们为什么还要听从你的命令？"

莫尔维亚看着亚伦的眼睛。"我没办法让你听从我的命令，我也不能让你们相信我，但我希望你们两个都能认可我。"

"为什么？"肖娜仍然蜷缩在另一边的岩石上。

莫尔维亚向她游去，肖娜慢慢地挪动身子，赛伦轻轻地回答，"因为我们可以互相帮助。"

"我们为什么要帮助你？"亚伦问。

我碰了碰他的胳膊。"等一下，让我们听听她要说什么，我认为她和其他的赛伦不一样。"

莫尔维亚微微低下了头。"谢谢你，"她指了指我们的上面，"我刚才看到你在那里做的事情，其实我一直在跟踪你，因为我想确保你是安全的。"

"你为什么要关心我们？"肖娜显然不准备相信任何赛伦，她觉得赛伦都对我们怀有不良企图。

"我了解其他人，"莫尔维亚说，"不管怎样，她们中的一些人还是善良的。你们是孩子，你们不是敌人，我也不是怪物。"

"那么你看到了什么？"亚伦紧张地摇着尾巴。

"我看见你们完成了不可能的事，"她的眼睛闪闪发亮，"我看见你们游到井外去了。"她转向我说，"你为什么不离开？"

"我们不能走，"我说，"肖娜过不去，只有亚伦和我才能游过去。"

"你们是怎么做到的？"莫尔维亚问道。

在我回答之前，亚伦用手肘推我。"我们还没有打算告诉你所有的秘密，"他说，"你需要先告诉我们一些东西，给我们一个信任你的理由。"

莫尔维亚叹了口气，这里面好像藏着百年的悲伤和悔恨。

"我们不能离开这里。"她悲伤地说着。

"我知道——因为美丽的声音被夺走了。"肖娜从角落里轻轻说，但她还是没有动。

莫尔维亚摇摇头，"这不是真正的原因。事实上，我确定歌唱和我们被困在这里没有任何关系。虽然我对此一直抱有疑虑，但今天我确定了这个想法。"

"什么意思？"我问，"我还以为你早就把这真相全部告诉肖娜了。"

"我们确实把所有的事情都告诉了肖娜——或者至少说除了我以外的人。我像平时一样保持了沉默，因为我也没有什么好的想法。"她转向肖娜，歪着头，轻轻地对她说："这么多年来，你的歌声是洞穴里能听到的最美的声音。其他赛伦在你这么大的时候，也就梅洛迪的声音能够与你的媲美。"

肖娜的脸一下子红了。"但是她们都说我的声音太可怕了，她们说我唱歌没有任何用处！"

"那是因为她们认为美妙的歌声会打开我们监狱的大门，让我们离开。但当你唱歌的时候，什么也没发生，因此她们很生气。但是，我不是这样想的，因为我比她们更了解真相。"

亚伦向前游去，"你知道什么？为什么你会比她们知道得更多？"他张开双臂拦在我们面前质疑着。"我们为什么要相信你？"

莫尔维亚吸了一口气。"听着，如果你们答应帮我的话，我会告诉你们，我所知道的一切。"

肖娜和我对视了一眼，她轻轻地点了点头。我瞥了亚伦一眼，他也做了同样的动作。"好吧，"我对莫尔维亚说，"就这么定了。"

"许多年前，也许是比许多年前还要久远，时间久远得足够一个人类过完他的一生。而故事的主角梅洛迪，她是我最好的朋友。当然到现在我仍然是她最好的朋友。"莫尔维亚停顿了一下。"不过，我现在也是她唯一的朋友了。"

"为什么？"肖娜问，"其他人呢？"

"她们把发生的一切都归罪于她。从某种程度上说，她们是对的。但是责备有什么用呢？责备梅洛迪也不会让我们离开这里，这只会让我们的生活变得更不愉快。"

"但你是她最好的朋友。"肖娜急促地说。

"是的，我们都把彼此当成了最好的朋友，或者至少我是这么认为的，直到她消失的那一天。"

"她失踪了？"我说，"她发生了什么意外吗？"

"我一直都不清楚这中间发生了什么，她消失了足足一年时间。起初我以为她已经死了，十分痛苦，但是后来有一天，她又突然回来了。"

"然后发生了什么？"亚伦问。

"她说厄运降临，她吓坏了。她别无选择，只能躲藏起来，虽然她确信厄运只会持续一段时间。然后她让我承诺三件事：一是不要问她做了什么；二是不要告诉别人她现在的状态；三是永远不要抛弃她。"

"你怎么说的？"肖娜的眼睛睁得大大的，尾巴轻轻地抖动着。

"我毫不犹豫地同意了。就像我说的，她是我最好的朋友。这大概就是我们彼此间的友谊。"

我快速地看了肖娜一眼。她也对我笑了笑，脸颊同样有点泛红。"我明白你的意思。"肖娜点了点头。

莫尔维亚伸出手来抚摸着肖娜的脸颊。"我知道你也会这么做的。"她带着悲伤的微笑。我们都沉默了，似乎连鱼游得也慢了下来，显得更加庄重了。

"那么接下来发生了什么？"过了一会儿，亚伦问。

"我告诉其他人，梅洛迪和我要离开一阵儿，但是她们都想跟我们在一起。我们从没有分别过这么长时间，所以我们都舍不得彼此。那时我们都是最要好的朋友，总是一起欢笑，一起唱歌。但梅洛迪不想让她们跟过来，她其实也不想让我跟过来。她那时似乎已经预见我们会陷入困境之中，她也很害怕，所以我坚持要跟她一起出来。"

"那么其他人呢？"我问。

"梅洛迪不能丢下她们，不然会显得忘恩负义，所以她同意了她们的请求。我们都觉得这也就是几天的短途旅行，而且梅洛迪也是这么告诉我的，就连她自己也相信只要躲避几天就可以了。"

"那其他人知道厄运吗，不论它是什么？"亚伦问道。

"梅洛迪试图隐藏这个秘密，但她们已经意识到她确实存在问题。一方面，从她回来的那天起，就一直没有唱过歌。起初我们以为是她自己不想唱，但直到后来，当其他人的歌声也被剥夺时，我们才意识到她经历了什么。"

我被莫尔维亚的故事吸引了。"那么梅洛迪告诉她们到底发生了什么事吗？"我问。

"不知道，她们也明白不要深究。因为梅洛迪一直是一个骄傲的人，如果她决心隐瞒某件事，不管怎样她都会坚持自己的决定的。她不想让我们跟着她受苦，她也不想让我们看到她是多么难过。我是唯一一个真正看到她痛苦的人，但我从来不知道这是因为什么。"

"她从没告诉过你？"肖娜突然爆发了，"我还以为你是她最好的朋友呢！"

"你知道，最好的朋友并不意味着要告诉对方每一件事。有时候，让朋友知道秘密，并仍然坚持他们的友谊，这需要足够的信任。"

肖娜皱起了鼻子。"我想不明白，"她说，"我想象不出爱美丽有什么秘密需要瞒着我。"

"我也是。"虽然这么说，但我的耳朵发热了。我是不是没有告诉她我对亚伦的感情？或者说我只是故意不谈起这个秘密，因为我自己也没有确定这种感情是什么。

"不管怎样，我们最终来到了这个地方，"莫尔维亚继续说道，"这就像是一次小小的冒险——我们几乎就像是在度假。后面几天我们的情绪都很高，但随后厄运降临了。"

"什么厄运？"亚伦问。

莫尔维亚轻轻地抬起头。"瀑布堵住了这个地方唯一的出口，就像现在一样。虽然我们从一开始就知道瀑布的存在——它也使这里成了完美的藏身之处。"

"你们是怎么听说这个地方的？"肖娜问。

"是另一个赛伦告诉梅洛迪的，"莫尔维亚深深吸了一口气。"是扎利亚，我不知道她是怎么知道我们在寻找一个藏身之地的，这也是梅洛迪从未讲过的另一件事。我也不知道她是否知道未来会发生什么，如果她和这件事确实有关系的话。那我自己的结论就是，扎利亚从一开始就是叛徒，她一手促成了我们被困在这里。"

肖娜睁大眼睛注视着莫尔维亚。"从那以后你就一直在这儿？"

"越来越多的皱纹记录着我们被困的年月，"莫尔维亚笑着回答，"瀑布把我们困在这里之后，厄运降临得更快了。"

"几乎是同一天，我们都发现自己的声音变得嘶哑，然后再也无法唱歌了。"

"所以你们也出不去了？"

莫尔维亚摇摇头。"就像我说的那样，我从来都不相信歌唱跟瀑布有什么关系。"她转向肖娜，"你的歌声完全证明了我的想法，如果你的歌声还无法令瀑布静止的话，那就没有歌声可以做到了。"

肖娜的脸颊红得像莫尔维亚一样。"我们知道梅洛迪是因为某事受到了惩罚，但她告诉我们，只需要躲几天就可以了，所以没有人相信这是一件严重的事情。我们都认为我们的声音很快就会回来。"

"但是最后并没有这样，"肖娜说。

莫尔维亚摇了摇头，"有一天，其他人开始惊慌起来。每天都号啕大哭，真是糟糕透了。就在那时，梅洛迪告诉我们赛伦的歌声会让我们走出困境，我们必须保持冷静，耐心等待我们的声音恢复。她的谎言起作用了，暂时平息了恐慌。"

"然后发生了什么？"我问。

莫尔维亚看着我。"我们开始了等待，"她说，"在漫长的等待中，其他人越来越坚定地相信这个谎言。这似乎也成为她们的信仰，歌声就是她们所信仰的一切，也是她们最可靠的救赎。"

"但你不相信？"我问。

"有一天，我去梅洛迪的房间找她。刚到屋外，我就听到她在哭泣。我知道她不想让我看到她伤心的样子，所以我在屋外等待，但我没有转过脸，我看到她手里拿着我以前从未见过的东西。"

"什么东西？"我问。

"一个贝壳，满是螺旋状的金银斑点的白色贝壳。"

"她是在传递消息吗？！"肖娜惊呼。

"她拿着它，并且对着它祈祷，她甚至还亲吻了贝壳！起初，我怀疑是我们的困境让她发疯了。但有一些东西吸引了我，我游得更近了，我躲在一旁，听到她在和贝壳说话。"

"她在说什么？"我问。

"她在乞求贝壳，"莫尔维亚说，"听到她的话我几乎心都碎了——她在乞求帮助。"

"什么意思？"亚伦问，"乞求帮助？她在说什么？"

"她一遍又一遍地重复着同样的话。'请让我们离开这里，解除魔法，让我找到你。'我见过她在很多地方都做了同样的事情。事实上，我相信自从我们来到这个地方后，她每天都在做同样的事情。"

"她知道你曾偷窥过她吗？"肖娜脱口而出，显然对她偷窥好朋友的行为感到震惊。

莫尔维亚摇了摇头，长长的银发闪着光。"我对她很了解，如果她知道这件事的话，她会觉得很难过的。"她苦笑了一下，"这也是我的秘密，但我这么做也是为了保护她。"

最好的朋友变得比以前更复杂了。"这样她就不会因为你看到她哭泣过而感到难过；而你也不会告诉她你看到她哭泣了，从而使她免于心烦意乱。"我分析了莫尔维亚的意思。

莫尔维亚轻轻地笑了笑。"确实是这样的。"

亚伦猛地一挥尾巴，就闪了过来。他越来越不耐烦了，"这到底是怎么回事？你说如果我们答应帮助你，你就会告诉我们所有的故事。你到底想让我们做什么？"

莫尔维亚坚定地凝视着他的眼睛。"据我所知，你们可以使用某种力量摆脱瀑布的束缚！以前从来没有人成功过，甚至和我们一起生活的海洋生物也没有。"

"但只有我们两个人才能出去，"我解释道，"只有我和亚伦，我们甚至不能让肖娜和我们一起通过。"

"我知道，我也看到了。"

"所以我不知道我们怎么能够帮助你。"

"听好了。你们有不可思议的力量，你们可以做到其他人做不到的事情。是这样吗？”

我看了看亚伦，“是这样的，”他点了点头。

“通过这么久的观察，我现在确信一件事，梅洛迪的贝壳是离开这里的关键。无论梅洛迪失去了什么，无论她乞求贝壳帮助她找到什么，我都认为这是我们唯一的希望。尽管她让我们相信，离开这里的唯一方式是唱歌，但我确信这只是一种让其他人冷静下来的方式，并且能够避免我们纠缠她，最终找出真相。她如此努力地保守秘密，连我都没有被告知。我觉得只有这个贝壳才能让她信任，才能让我们离开这里。”

“好吧，我们跟你去看看贝壳，”我说，“但我不确定我们能看出来什么。”

“等等，”莫尔维亚说，“我们哪儿也不用去。”然后她游到开阔处，穿过海藻帘，离开了大约五分钟。当她回来的时候，怀里抱着什么东西。

她张开手，露出一个闪闪发光的、美丽的珍珠贝壳。“赛伦每天早上都会去散步，晚上才会回来，而且中途从来没有回来过，”她说，“所以一直到今天晚上，她都不会发现的。”

“你从她那儿偷了东西！”肖娜惊讶地喊道。这对她关于好朋友的认知是一种打击。

“我只是借，用它来帮助我们所有人，”莫尔维亚坚定地说，“梅洛迪知道后会将它收回的。不管贝壳有什么魔法，也许你们可以把它拿出去。这个‘监狱’把我们都束缚住了，所以永远不会有机会分享贝壳的秘密。"

"如果你做的所有这些都是错的，怎么办？"我问道。

"如果我是错的，只要今晚前放回到她的房间，我们就没有任何风险。如果我是对的，那么你们就可以揭开贝壳的秘密，就能拯救我们所有人。"她看了看肖娜，然后对我说。"还有你最好的朋友。"她补充说。

我转向亚伦，问："你的想法呢？我们应该这么做吗？"

亚伦耸耸肩。"就像莫尔维亚说的，这有什么损失吗？"

"好吧，"我伸手去拿莫尔维亚的贝壳，"我们会做到的。"

亚伦和我一起游出了井口。我们向下看去，可以看到肖娜和莫尔维亚都在盯着我们。"照顾好她！"我向下喊着，"别让她们伤害她！"

"我保证！"莫尔维亚回答说。她伸手把肖娜拉到她身边，用一只手臂保护她。

"我想我们是可以信任她的，"亚伦对我说，"在她告诉我们一切事情之后，她和我们一样，会失去很多东西。"

"我想是的。"我紧紧握住他的手，用另一只手小心地握住贝壳，尾巴猛拍了一下水。

片刻之后，我们穿过顶部的井口，远离了洞穴，离开了肖娜。我们只带走了两样东西——贝壳和我不知道该如何解决的问题。

我们要怎样才能释放它的魔法，让肖娜离开那个地方呢？

第十二章

我不想回家，我真的不想回到布莱特港。我几乎都忘记了报纸上的文字，以及发现赛伦洞穴之前的一切事情。时间好像过去很久！但是现在我们又回到了镇上，随着海潮游了回来。

"我不想见任何人。"当我们蹑手蹑脚地走出海滩，把我们的衣服抖得干干净净时，我对亚伦说出了自己的想法。

亚伦提了建议："那你就先回家，让你妈妈知道你是安全的。然后再去我那里，我们一起制订计划。"

我勉强同意了他的建议，然后悄悄地向家里走去。并不是说我不想见到妈妈，我只是不想登上码头，走过码头和其他任何地方。在这个小镇，我很有可能会碰到想要捕捉人鱼的人，他们可能已经从早晨的报纸上认出了我的脸。

"快点，"亚伦喊道，"我们没多少时间了。"

亚伦是对的。我必须尽快赶回家——尽量避免和路上的任何人有目光接触——然后带着一个大大的假笑，告诉妈妈我很好，最后赶到亚伦家。

"我五分钟后就过去。"我跑回了家。

妈妈、米莉和亚伦的妈妈一起坐在前甲板上。我可以从码头的这一端看到她们，我很高兴看到亚伦的妈妈也在这里，这至少表明他们的小屋没有其他人。

"嗨！"我笑着说。妈妈抬头看着我，笑得很天真，我几乎都快相信整个上午都是我的胡思乱想。

"亲爱的爱美丽！"她挥挥手说，"我还以为你整天都会待在肖娜家呢？"

"是吗？"我紧张地问，"你怎么会这么想？"

"曼迪过来告诉了我们关于你的消息。你们又成了朋友，真是太好了！"

"哦，是的，这当然很好。"我忘了让曼迪替我隐瞒一些事情。但真的只过去了一个上午吗？感觉就像是一辈子都过去了。

"过来坐下，小宝贝！"她拍拍旁边的位置。

米莉把杯里的茶喝光了。"慢着，先把水壶放在炉子上，我可以喝光一壶伯爵茶。"

我进屋把水壶放好，当人们都在寻找人鱼时，他们几个怎么能如此平静和随意地坐在这里呢？而且现在肖娜仍旧被困在一个地下洞穴里，陪着她的是世界上最可怕的赛伦，这一切好像都是虚幻的。

"我只是想过来告诉你们，如果要找我的话，就去亚伦家里。"我回到了她们面前。

"哦，小宝贝，你不想加入我们吗？"妈妈眯起眼睛问我。

"一会儿就回来，好吗？"我试着让一切听起来好像都很正常。我不打算让妈妈也卷进来——尤其是在她父母的事情发生之后。我转过身去，避免看到她眼中的失望。

我漫不经心地在码头上漫步，颧骨因假笑而疼痛，我的四肢就像木偶一样，全身松动。因为我在试图模仿我正常的走路方式，就像平时和朋友们在一起玩的游戏一样。

"小心点！"妈妈在我后面叫着。作为回复，我转过身来，快速地向她挥手。过了一会儿，我消失在码头尽头。我收起笑容，冲进栈道，急忙跑向亚伦家。

"我不明白，这只是一个普通的贝壳，"亚伦疑惑地说，他拿着它转了有一百圈。"什么用也没有！"

他摇了摇贝壳，把它举到耳边。"我的意思是，贝壳一般是这么用的。当你把它放在耳边听的时候，就会听到波浪的声音。"他把贝壳放在我们面前的桌子上。"但也只能这样了，没有其他特别的地方了。我认为莫尔维亚错了，这个贝壳根本没有什么神奇之处。"

　　我凝视着贝壳。"为什么梅洛迪会和它说话呢？为什么她每天早上都要抱着它哭呢？它肯定有不寻常的地方，我们一定忽略了什么。"

　　"好吧，也许我们确实是忽略了什么——但我不知道我们下一步该如何去做。"

　　我伸出手拿起贝壳——亚伦正好也要这样做。当我们的手触到一起的时候，我的手指又感觉到了那种刺痛。我紧握住我的手，如果他触碰我的手时，没有和我一样的感觉，那就尴尬了。

　　"我终于明白了！"他说，"我们怎么会这么愚蠢？"

　　"怎么了？"

　　亚伦垂下眼睛，笨拙地来回走动。"想想看，你知道我们什么时候——当我们——嗯，你知道的，就是手触碰的时候——"他的声音渐渐消失了。

　　"嗯哼，"我试图让我的声音听起来不那么随便，"手放在一起？是吗？也许是的。我没有注意。"

　　"嗯，你有没有，就是一种刺痛的感觉？"

　　"你也感觉到了吗？"我惊喜地问。

　　亚伦咧嘴笑道，"当然！"

　　我也对他笑了笑。这意味着他也有同样的感受，也许他就是我的那个人！

　　"只是——我想这跟魔法有关，"他继续说，"你知道，这件事牵扯到了尼普顿。"

哦，好吧，虽然他的皮肤很红，但也许这不是因为他喜欢我，想要与我很亲近。只是因为这样能够消除诅咒。

"嗯，是的，我也是这么想的。"我撒了谎。

亚伦笑了。"还有别的感觉。"他又读懂了我的心思。这一次，他的脸也变成了粉红色。他也有同样的感受！我无法抑制地给他了一个幸福的微笑。

"刚才，当我们的手触碰时，我们都摸到了贝壳，你感觉到了吗？"

我想撒谎。如果我说我感觉到了，他会嘲笑我吗，还是会说他没有感觉呢？这可能是一个让我坦白对他感情的恶作剧，这样他就可以告诉我他没有同样的感觉。

然后我考虑了一下。亚伦不是那样的人，他绝不会做那样的事。

"是的，"我坦白说，"事实上，我的感觉很强烈。"

"我也是。"他举起了贝壳，把它放在我们中间。"把我们的手指交叉在一起，"他说，"如果我们握着手，把贝壳夹在我们的手掌中间，也许会发生什么事情。如果贝壳的魔法与尼普顿有关，我们应该可以消除它。"

我握住他的手，在我们的手接触的一瞬间，我就感到一阵刺痛。首先是我的指尖，然后蔓延到我的手臂。很快，它好像到达了我的全身。

"看！"亚伦说，"贝壳开始在我们手中颤动。"我更加握紧了他的手指。

"生效了——它在做什么！"

贝壳摇晃着，嘶嘶作响，发出一种奇怪的声音——有点像我们把它捂在耳朵时听到的声音，大概只有五十分贝。它摇晃得越来越猛烈，然后没有任何预兆，又突然停止了。

我们盯着手上的贝壳。

没有效果，什么也没有改变，我们的力量不够。

"现在怎么办？"我问。

亚伦把手指从我的手中挣脱，把贝壳放在耳朵边。"里面有东西。"他轻轻地摇晃着。

然后他又递给了我，我把贝壳翻过来摇了一下。对！有东西在贝壳里晃来晃去！我又摇了摇，这一次，里面的东西挪动了一点，我可以看到它的一端在张开的螺旋中。

我想伸手抓住它，指尖碰到了它的一个角，但还是够不到。"我们都搞错了，莫尔维亚也搞错了，这个贝壳没有什么神奇之处。我们已经为一块塑料做了这么多无用功，它可能就是被人当作垃圾扔到了大海，最后卡入了贝壳里。"

"我够不到它，"我直截了当地说。

"等一下。"亚伦站起身离开了房间。一分钟后，他带着一对镊子回来了，把它交给我。"现在试试看。"

我拿着镊子小心地夹住塑料角，用力拉了一下。

很快，我夹出了足够多的部分，然后用手指抓住它。我的手在颤抖，如果我错了，那赛伦的秘密到底是什么呢？我们又能发现什么？在过去的几个月里，我已经见过了足够多的惊喜——你要明白一个道理，你不可能总会优先找到自己想要的答案，在发现最终结果之前，你会找到五十个不需要的答案。

我把它拿出来放在手掌里。但我想有一件事是对的——那只是一块普通的塑料。它看起来像妈妈用来给我包三明治的东西。但是除了一件事——里面有东西，不是三明治！它看起来像一张纸，折叠成了一个小包裹。

"你是对的。"我突然失去了勇气。

亚伦拿走了袋子，然后打开。"对，"他拉出里面的包裹，"是时候弄明白这到底是怎么回事了。"

突如其来的敲门声把我们吓了一跳，我们都从椅子上跳了下来，"砰"的一声站在了地上。

亚伦很快把贝壳推到另一把椅子上，把它藏在桌子底下。"是谁？"他大声叫道。

"是曼迪。"一个熟悉的声音回答道，"你认为会是谁？"

亚伦打开了门，曼迪站在门阶上，凝视着小屋。"我刚才看见你了，"她说，"发生了什么事？"

"我们——我们只是在——"

"让她进来吧，亚伦！"我站起来。亚伦把门打开，曼迪走了进来。他把头伸出门外，朝两边扫了一眼，又把它关上，跟着走了进来。我们三个人站成一个尴尬的圈子。

"谢谢你告诉妈妈我要出去玩一天。"我说。

曼迪耸耸肩。"别客气,你去做了什么?"

我不知道该如何回答。我要从哪里开始讲呢?我还是忍不住想知道曼迪是否真心跟我交朋友——或者我还在担心,此刻她会突然嘲笑我,告诉我她已经把整个事情都记在心上了,而且从来没有打算和我成为朋友。

"没关系,我明白了,你还是不相信我。"曼迪在我琢磨如何回答她问题的时候抱怨着。

"不,"我停了下来,深呼吸了一下又继续说,"不是我不信任你,"我小心翼翼地说,"也可能是的,我很害怕。"

"害怕我吗?"曼迪笑着说,然后她的脸变得通红。"我想你一定有很多害怕我的理由,"她伤心地说,"以前的我,是个恃强凌弱的人。我把你的生活变成了地狱,你对我有这样的感受并不令人惊讶。"她转身朝前门走去,"对不起,打扰你了。"

我抓住她的胳膊。"不!我不是这个意思,不要这样。"

"为什么呢?你究竟为什么要让我继续待在你身边?"她说,"我真白痴,天真地认为你想和我重新成为朋友。"

今天发生的一切以及每件事的混乱程度,都让我突然感觉到了迷茫。我不得不停止怀疑与曼迪的友谊。现在唯一阻碍我们友谊的却成了我,以及我那愚蠢多疑的脑袋。

我轻轻拍了一下我旁边的椅子。"过来坐下,我把一切都告诉你。"

"差不多就是这样了。"我详细描述了今天发生的一切。曼迪在听故事的过程中，眼睛都是空洞无物的，就像孩子听他们最喜欢的童话一样。听我自己大声讲出这些，真的就像听童话故事一样。唯一荒谬的是这个童话里的每一个字都是真的。

"这就是贝壳里面的东西？"她指着亚伦手里的包裹问。

亚伦点点头。"我们正要打开的时候，你就进来了。"他抬起头看着我，"准备好打开它了吗？"

我点了点头。

他一层一层地打开包裹。里面是一张很普通的纸，上面画满了手绘的线条和符号，还有我不认识的奇怪单词。

我们三个试图搞明白它。

"我想这是一张地图，"亚伦说，"但我不知道它是哪里的地图，这不像我见过的任何地区。"他皱着眉头。"世界上所有的地图都在我的城堡后面挂着——我想不出和它相像的地图。"

"当然不是！"曼迪突然惊叫起来，直挺挺地坐在那里盯着我们俩。

"为什么不是？"

"想想看，这张图是从赛伦那里得来的，对吧？"

"是的，"我点了点头，试图忽略它被画在一张简单的纸上，然后塞进一个三明治袋里的事实，以及一个赛伦是如何得到这些人类的东西呢？

"赛伦在哪里生活？"曼迪无语地问，就好像她在跟一对非常愚蠢的人说话。我突然意识到不管梅洛迪是如何找到它的。事实就是，贝壳是她的——而她是一个赛伦。

"在海里！"我说。

曼迪两臂交叉，咧嘴笑了笑，"没错！"

"明白了！"亚伦说，"这是一张海域图！"

他把海域图挂在墙上拉直，然后示意我们帮他拉直。"我的城堡也有这些，只是因为它是手绘的，所以我没有马上认出来。"他尴尬地喃喃自语，因为曼迪在他面前已经说得很明白了。

他用手指划过一些看起来像轮廓的线。"看，这里显示了不同的地区和海流。"他继续说。

"那数字代表的是什么？"我问。

"它们代表着海洋在那个位置有多深。"

"这里还有更深的地方，"他指着地图上一些深灰色的补丁说，"它们是沙洲。"

"那些粗箭头是什么？"曼迪问，"它们也都在纸上，指着上下左右不同方向。"

"它们告诉你潮汐的方向，这是非常有用的信息。"他回答。

"那这又是什么？"我指着左下角的一个圆圈。它看起来像一个老式的手表，上面有一个小十字。

"那是指南针吗？"曼迪说，"我们在地理课上学过这个东西，上方的十字指向北方。"

"对，"亚伦揉了揉下巴，盯着地图。"你可以从图上找到各种各样的东西，而且如果你拥有了正确的信息，你可以找到海洋里的任何位置。"

这恰恰是我们缺少的，目前我们没有任何信息。我们怎么去理解这张图呢？

亚伦把手伸向地图上一些粗略的形状——那是仅有的没有填满数字的部分。他说："这些将是我们最好的向导。"

"这是什么？"我问。

"陆地。它们是海里的岛屿，就像这一个……"他指着地图中央一块凹凸不平的椭圆形说道。不管是谁画的，都用不同颜色的笔一次又一次地圈出这个地方。他做得太过了，纸几乎被捅破了。一个指向它的箭头确保它更加清楚地被看到。这个箭头与其他箭头不同，这个箭头又厚又宽。它更像是我们平时表达真爱画的那种心形。

"怎么样？"我问。

亚伦抬头看着我。"这是我们需要寻找的地方。"

细节终于被慢慢梳理出来了。"梅洛迪希望贝壳里面有她想找的一些东西，"我慢慢地说，"不管是什么，那都是她失去的东西。我敢打赌它就在那个岛上！如果我们想把肖娜从那个可怕的地方救出来——"我的声音逐渐消失。

曼迪替我接了下去："我们需要找到这个岛，并且我们需要尽快找到它。"

第十三章

几分钟后，曼迪、亚伦和我来到了布莱特港图书馆的地图区，我们把所有的海域图都找了出来。虽然不是很多，但至少附近的海域图应该都有了。我们指望这张手绘地图会指向一个附近的地方。应该会是这样的，不然梅洛迪为什么在那附近游荡？

亚伦把地图和图表放在我们面前的桌子上。"来吧，"他说，"让我们开始吧。"

我把头巾从头上推开，在这之前，我必须保证将我的脸藏起来，以免有人在路上认出我。虽然图书馆里几乎没有人，也没有人注意到我们，但我依旧认为我的脸可能已经暴露了。不管怎么说，一个坐在图书馆，头上还罩着头巾的人，可能会吸引更多的注意力。

我打开了一张地图。它上面布满了线条和数字，上面还有着黄色圆圈和紫色区域。

"我们应该做什么？"我问道，一种绝望的感觉就像海浪一样向我涌来。

"找任何类似的图案。"亚伦一边说，一边把贝壳放在桌子上，把我们的地图放在前面。"相同的数字组，形状相似的岛屿，或以相同的方式组合的任何东西。我们需要找到相似的线索。"他抓起一张地图并展开，"明白了吗？"他问。

"知道了，"曼迪和我齐声回答。然后曼迪打开了第三张地图，我们三个人开始分头工作。

"这是无用功。"曼迪把地图折叠起来，扔在地上。"排除的区域越来越大了，我们还是没找到正确的地点。我们几乎把它们都检查了一遍，也许我们永远也找不到它了。"

曼迪是对的。我们在和自己开玩笑，虽然我还没准备好承认这一点。承认这个结果意味着放弃肖娜——我永远也不会那样做。"继续吧，我们还没有完成，我们会找到的。"我试图让大家乐观一些，实际上连我自己都没有感觉到声音中的信心，但我们依旧必须这样做。

我又拿起一张地图递给曼迪，亚伦也抓了一张地图，"最后一张。"他说。

如果在这两张地图里再找不到的话，我们就没有其他地方可以看了。我们必须找到它。

我们默默地研究着地图，与手绘地图做着对比，我扫了一眼面前真正的地图，寻找任何看起来相似的东西。

"嘿，我觉得我找到了！"亚伦突然说。他指着他面前的地图，在地图上四处寻找，又向贝壳瞥了几秒钟。我和曼迪丢下了自己手中的地图，围着他。

"看到那个组合了吗？"他指着地图中间的一组数字，"那里显示了水的深度，这边这个数字也一样。"

我抬起头来和我们原来的地图作比较。他是对的！另外还有一些东西，就在数字旁边。"看，那些岛屿！"我说，"它们虽然不是完全相同，但已经很接近了。"

曼迪说，"图书馆有很多相似的地图，这没关系吗？"

亚伦摇了摇头。"我觉得就是它了，因为无论是谁画的，都不会复制整个东西。"他指着地图中间箭头指向的那个岛。"他们只需要画出足够的线索，便有人能找到这个岛。"

"这样梅洛迪就可以找到它了。"我补充说。我们可能不知道图是谁画的，或者为什么画它，或者甚至为什么赛伦被困在水下监狱里，但至少有一小部分的拼图已经到位了。

"找到她丢失的东西。"曼迪说。

亚伦把地图折叠起来。放在原来的地图上面，紧挨着贝壳。"现在我们可以去寻找它了。"

"不管它是什么，"我继续说，但我们仍然不知道我们在寻找什么，也不确定如何才能找到梅洛迪的遗失物。"我不得不祈祷它仍旧在那个地方，而且我们看到它的时候就能一眼认出。

亚伦将地图递给我。"拿好它，"他说，"我把其他地图放回去。"

"等等，"曼迪说着把手伸进口袋，掏出钱包。她跑了过来，从钱包中拿出了一张卡片。"给你！"她微笑着说，"我的借书卡。"

曼迪把卡片递给我，走过去帮亚伦把其他地图放好。

"别忘了带上贝壳。"我说。然后我转过身来，径直撞上了一个人。"哦，对不起，我——"我突然停了下来。

是比斯顿先生。

"你在这里干什么？"我的情绪突然爆发了。

"你这是什么意思？"他气喘吁吁地回答，"我想我有权利来图书馆吧。"他用他那双小小的眼睛慢慢地审视着我们三个人。"我可能也要问你同样的事情，"他补充说。

"我也会给你同样的答案。"我说着，双臂交叉。

"冷静，冷静点，孩子！"比斯顿先生没有再恐吓我们，我们放松了一点。

"我们来找一些家庭作业的辅导资料。"我撒了个谎。他可能不会再威胁我们了，但这也并不意味着我会告诉他，我们到底在这里做什么。

"好吧，你们现在可以继续了。"他挥手让我通过。但当我转身时，他又突然抓住了我的胳膊。"那是什么？"他嘶哑的声音令人感到恐慌。

我随着他的目光看向了桌子。更具体地说，他正在盯着贝壳。他的脸色也变得和贝壳一样苍白。

"是的——我们是——我——"

"我们在海滩上捡到的，"亚伦抬头望着比斯顿先生，带着漫不经心的微笑。"很漂亮，是吧？"他补充说。

比斯顿先生朝他走了几步，将手伸向贝壳，他的手在颤抖。"好像是吧？"他说，"那介意我看看吗？"他用很随意的口吻问我们。

亚伦迅速地瞥了我一眼。我耸耸肩，我们能说不吗？比斯顿先生对我们所做的事情一无所知，也不知道贝壳有多重要，所以让他看到也没有什么关系吧？

"当然可以。"亚伦把贝壳拿了出来。

当比斯顿先生研究贝壳时，我们三个人都屏住了呼吸。他把它翻过来，像钟表匠一样紧紧地盯着。

亚伦打破了沉默。"我，呃，我想我们现在应该走了。"他伸出手去拿贝壳。

比斯顿先生抬起头来。"什么？哦，当然可以。"他把贝壳递给亚伦，"你是对的。"他似乎有点恍惚。

"比斯顿先生，你还好吗？"我问。

他转过身来，含糊地点点头。"天哪，别担心我，"他边说边拍拍胳膊，好像要把我甩走。"你走的不是出门的路。"他僵住了，看着我的手臂，或者更确切地说，他在看手臂下面的地图。他接着瞥了一眼亚伦手中的贝壳，向我走近了一步。"地图，"他说，"它们是干什么用的？"

"它们是给我妈妈的。"亚伦很快地说。

比斯顿先生绕道而行。"我还以为你说你也在帮曼迪做作业呢？"

"他们确实是在帮我，"曼迪说，"亚伦的妈妈会根据地图帮助我的。这是为了地理作业准备的，她了解很多我们目前正在学习的东西。"

我能感觉到我的脸在发热，我们显然是在撒谎。我觉得自己像个罪犯——但我记起了我们并没有做错什么。然后我想起了别的事情——肖娜！如果我们想要救她，就必须到岛上找到梅洛迪丢失的东西，然后把贝壳带回给赛伦，不然她就会发现它不见了。

"走吧！"我走向柜台，把曼迪的借书卡连同地图一起递给图书管理员。"我们得走了，"我看着亚伦，补充说，"你妈妈应该已经在四处找我们了。"

就这样，我们三个人推开比斯顿先生，走出图书馆，跑回海滩。

"答应我，小心点，好吗？"曼迪站在码头下面的岸边，咬着指甲，沿着水边踱来踱去。海滩几乎已经荒芜，只有几个人在这里：一对老夫妇挽着手臂在远处散步，他们的脸皱成一团；另外还有一个人朝着相反的方向走去，把石头扔到海里，让他的狗去追。

"我们会的！"我回答。

"如果你们需要什么，就回来找我。"

我笑了。"我们真的会的。"

亚伦最后一次环视了一下，向水中走了一步。"我们最好快点！"他说。

"你确定你已经全部记住了吗？"我轻敲他的头。他花了半个小时把地图记在脑子里。

"每个符号和每一个数字。"他说。我相信他，因为我从未见过像他这样的人，他能把他看过的信息储存在他的脑子里。也许是因为在他生命的前十三年里，除了学习一大堆地图和书籍之外，没什么可做的事情。

"你拿着贝壳呢吗？"

他拍拍他的大夹克口袋，回答说："这很安全的，别担心。"

我也看了一眼，然后在水的边缘与他会合。"那么，来吧，"我说，"我们走吧。"

曼迪转身离开了，但随即她又停了下来，转过身来。"嘿！"她喊道。

我抬起头来。"什么？"

"祝你们好运！"

我笑了。"谢谢！"

她点点头走了，我最后一次环顾四周，跳入水中，游离了布莱特港。

"你确定我们走对路了吗？我们一直在水面上游着，所以当我们接近那里时，我们应该会看到那个岛的。但是我们在外面待了至少一个小时了，并没有看到任何一个岛。

当我们扫视周围时，只有一望无尽的海平线。

"我们应该快到了，"亚伦眯着眼睛说，"应该就在那边，过来吧。"

他潜到水面下，我跟着他。

片刻之后，我注意到水的变化。我们下面的暗礁越来越分散。绵延的沙子开始出现在暗礁之间。

亚伦回头看了我一眼。我努力游得更快，想赶上他。"越来越暖和了。"我说。

他点点头。"越来越浅了，"他说，"这就是水位开始下降的地方。我们就快到了。"

他的话激励了我，当我们静静地游时，我和他保持着一致的节奏。水依旧在变暖，我们穿过阴暗的光线，鲨鱼被明亮的彩色鱼代替了，它们排成一行，像舞蹈家一样形成了笔直的队形，好像在护送我们一样。

然后水变浅了，我可以看到大海的底部。我的尾巴拂过沙子，芦苇摩擦着我的胃部。我把头靠在水面上，环顾四周。"这有一个岛！"

"我们到了！"当我们游到岸边时，亚伦欢呼了一下。

我们坐着，看着尾巴轻轻地拍打着水面。然后，我们的腿变回来了。"你确定就是这个岛吗？"

"肯定的，"亚伦说。"来吧，让我们看看能不能找到我们要找的东西。"

我跟着他离开了海岸，开始绕着小岛走。小岛又长又窄，所以我可以看到对面那头。从肉眼可见的海滩上，我们一路走着。除了几个小山和几棵树点缀在岛上，其余都是岩石。我们不需要花太长时间就能回来。

遗憾的是，我们不知道自己在寻找什么。

半小时后，我们从岛的一端一直走到另一端，仍然没有思绪。

又过了半小时，我们走遍了整个海岸线，每个岩石山，每棵树——仍然不知道。

"我很绝望，"我扑通一声坐在岩石上，"这里什么也没有。"

亚伦四处搜索着，把头发从脸上弄下来，朝这边看。"这里一定有什么东西，"他说，"一定有。"他坐在我旁边。"梅洛迪请求贝壳帮她找东西。而我们在贝壳里面找到了一张地图，地图又引导我们来到这里。"

"我知道，虽然你说的我都知道，但它不在这里。不管它是什么。"

亚伦咬着指甲。"我就是不明白，她到底想要什么？"

我凝视着大海，只看到一片广阔的蓝色，就像我这么多年一直看到的那样。

这么多年——？对了！"亚伦！"我惊叫着，"莫尔维亚告诉我们赛伦已经在那里待了好多年了。"

亚伦歪着头。"是吗？然后呢？"

"这么多年来，这个岛肯定已经变了。不管她在找什么。"我的话慢慢消失了。我不想大声说出其余的话。

他接着我还没说出的话："它可能已经消失了，所以我们找不到它。"

我点点头。"这很有可能。"

我们沉默地坐了一会儿，凝视着大海。我捡起一把沙子，让沙子从我的手指中间滑落。

"我们必须回去了，"亚伦说，"告诉莫尔维亚我们发现了什么。"

"你指的是我们找不到任何东西。"

亚伦皱起了眉头。他说，"我只是想不出还能做什么。"

"我知道，但如果我们离开，这是否意味着我们抛弃了肖娜？放弃让她离开那里的可能？"

亚伦握住我的手，擦拭着我手掌上的沙子。他轻轻地抚摸着，"当然不会，"他微笑着对我说。"我们不会放弃任何人。"
他站起来，把我拉了起来。"我们回到那里，告诉莫尔维亚和肖
娜所有的一切，我们一起制订一个计划。"

　　我不知道是不是因为我们手牵手沿着海滩散步，还是因为
亚伦的话给了我一点希望，我们走路的时候，我感觉更轻松、
更积极了。他是对的，我们不应该放弃。我也永远不会放弃肖
娜，我们要把她带出去！

　　"等等！"亚伦放开我的手。他低头拍着上衣口袋。"哦，
不！——不可能！"他咕哝着，脸色渐渐变得苍白。

　　"怎么了？"我问。

　　他茫然地望着我。"一定是我们在岩石上坐着的时候，它
掉了出去，"他迅速地环顾了我们四周。"我怎么会这么粗心大
意呢？"

　　"到底怎么了？"我重复了一遍。

　　"贝壳，"他惊慌失措地说着，"不见了。"

第十四章

"什么意思，贝壳不见了？"我盯着亚伦，他伸出空空的手，脸色苍白。

"我确定它不见了，"他断然地说，"我把它丢在什么地方了？我们得回过头去找。"

"横跨整个岛屿？"下一刻，我听到岩石上方有一个声音，像是一小堆雪球从山上跑下来。

"那是什么声音？"我站起来问。

"我想是风。"亚伦心不在焉地说。

"亚伦，"我说，"不是风，我去看看。"

"等等，我跟你一起去。"

我们爬上小山，绕过松动的石块，在砾石上扫视着，寻找着贝壳，但是山顶像海滩一样荒芜。

"什么都没有，"亚伦说，"我告诉过你，那只不过是——"他停了下来。嘴巴张得大大的，缓缓举起一只手，指向岛的另一边。

"什么？"我问，"你看到了什么？"

亚伦把另一只手举到嘴唇上。"嘘，"他低声说，"看那边的海滩上。"

我朝着他手指的方向看去。那是海滩上的一棵大棕榈树——棕榈树弯着腰，以至于它的顶部几乎触到了地面。

"我什么都没有看见——"

"在树后面。"亚伦嘶哑着说。

然后我看到了。有东西在移动，那是一个人，然后他又移动了，我看清楚了那是谁。

"比斯顿先生！"我喘着气说。

我还没来得及思考我该说什么，我就从山上摔了下来。"哎哟！"我摔倒的时候喊道，"你在这里干什么？"

比斯顿先生听到我翻滚下山的声音，抬头看了看。在我到达他面前之前，他站了起来，口袋里藏着什么东西。我知道那是什么——贝壳！

"你在这里干什么？"我又问了一遍。虽然气喘吁吁，但我并不在乎。

比斯顿先生站起身来，尽量挺直身子。他扯着夹克的一角，然后盯着我的眼睛。"我为什么要告诉你？"他说。然后转过身去，眺望大海。"没有人愿意告诉我任何事情，那我为什么要告诉别人我的秘密呢？"

这听起来不像他平常的语气。他说得没错，但我感觉他有点奇怪。一些我不知道的东西从他身上消失了。就好像他根本没看见我，也不在乎我们抓住他跟踪我们。他在做什么？我的愤怒进一步加剧了。

"你是跟踪我们过来的吗？"我问，"你怎么到这里来了？你找到了它吗？"

比斯顿先生转过头来，"找到了什么？孩子，你在说什么？"

"找到了——"我停了下来。我该说什么？"找到了丢失的东西。"我冷冷地说。

他摇摇头，酸溜溜地笑了起来。"你什么都不知道，孩子。"然后他开始向大海走去。

"贝壳，"我朝着他的后背喊，"是你偷走了吗？"

"偷走贝壳？"他大喊道，然后停了下来，转过身，踱来踱去。他站在离我这么近的地方，我能看见汗珠一个个从他额头上迸出来。"偷走贝壳？"他重复说，"别跟我谈偷走贝壳的事，别跟我说偷东西！"然后他低声说了些什么。我听不明白他的话，他又补充道："或者谈起任何人。"

然后他走向岸边，站在水边，向我转过身来。"这里什么都没有，"他喊道，然后转身返回大海，伸出双臂，又大叫了一声。"什么都没有！"他重复说着。

亚伦走到我身边。"发生了什么事？"他问。

"比斯顿先生变得很奇怪。"

"你认为他找到了丢失的东西吗？"

我凝视着比斯顿先生。"我不知道，"我说，"也许他知道我们在寻找什么，甚至在我们来到这里之前就找到了；也许他一直都是这个样子，只是我们还不够了解他。"

"贝壳怎么样了？是他偷走了吗？"

我喘了口气。肯定是他偷走了，但我没办法证明。"他为什么会想要它呢？我不明白他为什么在这里，他和这一切又有什么关系，为什么他表现得如此奇怪。我的脑袋现在有点混乱，亚伦。"

"我也不知道。但如果他没有偷走贝壳，贝壳还能去哪里？"

我看着比斯顿先生，他依旧站在水边，凝视着大海。是的，但是如果他真的偷了，我们也不可能拿回来，他没有放弃任何东西的习惯。

"也许贝壳不再那么重要了，"亚伦满怀希望地说，"我是说，我们找到了地图。里面没有别的东西，也许梅洛迪也不太介意它消失了。"

我笑了，至少我们已经尝试过了。我的笑声有点像猫被勒死的声音。"是的，你说得对。也许当我们回去告诉她我们丢了贝壳的时候，我们不会被束缚、折磨以及抛弃。"

亚伦握住我的手。我的愤怒和恐惧消失了，我盯着他的眼睛。"我只是害怕。"

"我知道，没关系的，我们一定会想出办法的。我们回去告诉他们一切，重要的是我们需要回到那里，查看一下肖娜的情况。"

我点了点头。

"我们到了洞穴之后，就共同商讨决定下一步的行动。"

我笑了。"你说得对，我们走吧。"

亚伦轻轻地把头转向比斯顿先生。"他怎么办？"他说。

我摇摇头。"忘了他，"我越过岩石。"他甚至不值得我们考虑。"

我们很容易就回到了洞穴，亚伦的方向感几乎和他的记忆一样好。我们俩很快就都靠近了瀑布。

"准备好了吗？"亚伦握住我了我的手。

"我们应该分开进去，"我冷静地说，"如果我们停止了瀑布的运转，我们可能就会摔下去了。"

他点点头。"好的，我们里面见。"

过了一会儿，我在瀑布里向下一圈又一圈地旋转着。感觉好像过去了很久，但是实际上只过了没有几秒。最后，瀑布的底部把我吐了出来，我摇摇晃晃地躺在海底，感到散乱和迷惘。紧接着，亚伦在我身边重重地摔了一跤。

他先振作起来。"来吧，"他一边摇晃着尾巴一边说，"我们去找莫尔维亚和肖娜。"

我们小心翼翼地穿过隧道，躲避岩石，躲藏在杂草后面，以防被发现。我们现在唯一能做的就是在我们找到肖娜和莫尔维亚之前，避免再次被抓获。这次换成我带路了，因为我很确定她们在哪里。

"绕过这个拐角。"我低声说。

我们沿着礁石游着，直到看到了莫尔维亚的房间入口。"就是这里，"我说，"我敢打赌，她们肯定会在这里的。"

我们看了一眼，就游了进去。她们俩一起坐在莫尔维亚的大果冻坐垫上，莫尔维亚坐在肖娜后面梳头。肖娜笔直地坐在那里，苍白的脸上露出一种久违的神情。

"肖娜！"

她抬起头看着我，脸上露出了最灿烂的笑容。"爱美丽！"她从垫子上跳起来，向我游过来，抓住我的胳膊，开心地说："我以为你不会回来了！"

"我不会把你留在这儿的！"我的态度十分坚定。

"我以为你出了什么事，一直很担心你。莫尔维亚也很担心，而且还有——"

"还有我——"远处角落里一个柔和的声音说。我们进来的时候，并没有注意到这里还有其他人。我的心脏骤然停了，其他人发现了她们，我们命中注定难逃此劫了。

但是这个赛伦游过来，我意识到她不是我以前遇到的人。

因为一方面，她没有像她们一样的恐怖的面孔；另一方面，她说话声音很轻，几乎会被误认为是海藻在海里的声响。她的脸很柔美，眼睛又大又圆，和别人一样有着长长的银色头发。但她没有一点衰老的样子，皱纹似乎只在她眼眶里停留。

亚伦向前游去，停在我身边。"她是谁？"他开口问道。然后他又停了下来，他一定是和我同时意识到了答案。

我向前面的人鱼游去。她朝我们微笑，但我觉得她不太可能对我们微笑很久，如果我们告诉她我们做了什么——并且我们没有做到。

"你是梅洛迪吗？"我嘶哑着问。

她点点头。"你们一定是爱美丽和亚伦了，"她温柔地说。她的声音太好听了，听得我很想哭。我想忏悔，但同时，我又想摆脱她的声音。我从来都不希望她知道我们丢失了她的贝壳。我知道这会让她伤透心的，但我们又能做什么呢？

在我有机会再思考对策之前，肖娜抓住了我的胳膊。"你找到什么了吗？"她急切地问道。我们能说什么呢？我们该怎样做呢？我们带走了一件让每个人都难以活下去的东西：希望。

我看着亚伦，我可以看出他和我的想法一样。我耸耸肩，他轻轻地点头回应——我们必须告诉她们。

"好吧，"我说，"我会告诉你一切的。但是请不要生气。我们什么都试过了，这不是我们的错。好吗？"

莫尔维亚向我游过来。"没关系，爱美丽，你不必害怕，我们站在同一边。"

梅洛迪皱着眉头，露出悲伤的微笑。"你们不必担心，小家伙们。"她的话击中了我的内心，因为爸爸总是叫我小宝贝。我突然意识到我多么希望他能在我身旁，我多么需要他和妈妈。梅洛迪跟我们说话的方式让我想起了他们俩，她轻轻地跟我说话，就好像我是她的孩子一样。在那一刻，我知道没有什么可怕的。

我吸了一口气。"好吧，"我说，"我来告诉你们发生的事情。"

但随后，莫尔维亚突然嘘了一下，游到门口。"外面有响声。"

"有人来了，"她说，"我知道是她们来了，我们需要把孩子们藏起来，不能让她们被带走，至少现在不行。"

"我们可以躲在哪里？"我惊慌地望着房间问道。

但现在已经太迟了，声音越来越近。不管外面是谁，都已经要走进房间了。

然后他进来了——我们五个人都僵住了。

"比斯顿先生！"我突然爆发了。"什么——怎么——为什么——"胡乱的词语从我嘴里蹦出来。这些词中的任何一个都无法表达我的震惊和厌恶。他又跟着我们——又来了！

但他并没有转头看我。他没有看我，他也没有看亚伦或肖娜，他甚至没有看莫尔维亚。他只看着那个房间里的另一个人。

他慢慢地走向梅洛迪，眼里含着泪水看着她，然后只说了一个词：

"妈妈？"

第十五章

房间里鸦雀无声。这样的一片寂静，就像你正在看 DVD，突然想从厨房里拿点东西，暂停了播放，一切都完全冻结了的那种感觉。

我不会说话了，我也动不了。当我试图理解刚才发生的事情时，我的脑子似乎黏住了。

然后，一种度秒如年的感觉。大概过了三秒，梅洛迪终于开口回答。

"查利？"她的声音像一条网中的小鱼那样颤抖。"是你吗？真的是你吗？"

比斯顿先生一边微笑一边游向梅洛迪。"是我，妈妈，"他开心地说，"我来了。"

过了一会儿，他们开始拥抱、哭泣、大笑，而我们能做的只是静静地看着，不明白到底发生了什么。

我游到离他们近一点的地方。"你们两个不想向我们解释一下这件事吗？"我问。这个情况甚至连莫尔维亚也困惑不解。

梅洛迪对我微笑。她的微笑是我从未见过的，这很难描述清楚，就好像它不仅仅是一个微笑，它似乎使房间暖和起来，也使色彩更加鲜艳了。当她微笑的时候，一切都变得轻松而愉悦。

比斯顿先生转向我。"我会告诉你答案的，"他说，"我答应你，孩子。"

"很好。"我不耐烦地说。

他吸了一口气。"你记得我告诉过你，在我小的时候，我父亲就抛弃了我，我是由一个几乎不管我的母亲抚养长大的吗？"

我点头。

他瞥了一眼梅洛迪，然后又转向我，把一缕松散的头发从额头上拨开，继续往前走。"嗯，事实上这并不是真的。"

哦，真是个惊喜！比斯顿先生又在说谎了！我交叉双臂等待他继续。

"不，等等！"他向我挥手。"别误会我的意思，我从没跟你说过谎。至少，当时的我还不知道真相。"

亚伦游到我身边，我能感觉到他的胳膊碰到了我的胳膊。"你在说谜语吧。"我不知道他怎么说出了连我都不知道的单词。我现在很震惊，感觉好像我们偶然发现了一个拼图，然后把所有的碎片都放在面前，却搞不清它们要怎么拼在一起。

比斯顿先生摸着他的头发，拽着他的夹克，他总是在他感到尴尬的时候做这些事情——至少在我的经验中，他通常是这样。

"让我重新开始讲。"他说。

"这听起来是个好主意。"亚伦说。

"那一天，我告诉你我要和我妈妈重归于好，你还记得吗？"我点点头。

"嗯，那确实是我那天做的事。"他瞥了一眼梅洛迪，脸颊上泛出红色。"或者至少我是这么计划的。但事实证明，我是在谎言的包围中长大的。"他瞥了我一眼，"就像你一样。"他补充道，"经过这么多年，我发现一切都和我想象中的不一样。我的'母亲'不过是一个诡计多端的赛伦，她以为逼走我真正的母亲，这样她就可以得到我的父亲了。"

梅洛迪的眼睛变黑了。"扎利亚，"她嘶哑地说。

比斯顿先生点头说："她很高兴我来了，她和我记忆中有些不一样。起初我以为是好多年没有相见的原因，但后来我意识到她的眼睛中还有着另外一些东西——内疚。我能从她的眼中看到这种感觉。"他转过身来对我说，"我也是从自己的经验中认识到这一点的——从我骗你的那几年起。"

"内疚？为什么？"我问。

他转身回到梅洛迪旁边。"她告诉我，她是怎么骗你躲起来，然后把你出卖给尼普顿的。"

莫尔维亚用手捂住自己的嘴。"我一直都怀疑她,但从来没有相信她真的这么做了。"

"我也是这样,"梅洛迪回答说,"从来没有怀疑过。"

"她告诉我她是怎样哄骗我父亲的,"比斯顿先生接着说,"以及她是如何诱骗我父亲说出你俩的计划的。"

梅洛迪闭上了她的眼睛。"那是一个狂风暴雨的夜晚,"她说,"一个可怕的夜晚。我们知道那意味着什么,我们也了解尼普顿的愤怒——因为我们知道他能做什么。我的歌声已经消失了,我知道那是尼普顿的惩罚——但我也知道这对他来说还不够。情况实际上更糟糕,所以我们制订了一个逃跑计划。我想躲藏起来,直到尼普顿的注意力和愤怒从我们身上移开,转移到另一种东西上——就像他一直以来的那样。"

她伸出手来握住比斯顿先生。"把你交给你的父亲,直到我们能再团聚,"她说,"我们都认为那样更安全。"

"但是为什么呢?"莫尔维亚问,"为什么他在他父亲那里更安全?我的意思是我们可以抚养他的。"

"他的父亲不在尼普顿的管辖范围内,"梅洛迪冷冷地回答,"他将在陆地上长大,因为他的父亲是一个人类。"

莫尔维亚惊呼,"啊,但是——"

"我知道,这就是我没告诉你的原因。我知道你永远不会明白,也永远不会原谅我。你知道吗?赛伦和人的结合,这是前所未有的事，这是可耻的事。对于所有的赛伦来说都是耻辱。"
她抬起头去看莫尔维亚。"这就是我从未告诉过你的秘密。对不
起，我不能失去所有朋友，也不可能——"她瞥了一眼比斯顿
先生，"失去其他对我来说最重要的东西。"

"所以你告诉我们，离开这里唯一的办法是赛伦的美妙声
音，也是谎言吗？"莫尔维亚问。

梅洛迪点点头。"你们都这么相信，"她说，"当你们所有人
的歌声都被夺走时，为了避免出现更多的问题，这是我唯一能
想到的解决办法——我知道我永远无法与你分享答案。无论如
何，至少你们都拥有我从未拥有过的东西。"

"什么东西？"我问。

梅洛迪盯着我的眼睛，"希望，"她说，"不管前方道路多么
遥远，至少你们拥有一些东西。但我却一无所有，因为我知道
自己是无法从尼普顿那里得到宽恕和自由的。"

梅洛迪看着莫尔维亚。"对不起，"她说，"我已经撒了很多
谎。但是现在你脸上的表情告诉我，说实话是正确的选择。我
可以看到你眼中的厌恶，我不忍心让你这么多年来一直这样看
着我。"

莫尔维亚摇摇头说："不，你错了。因为我是你的朋友，是
你最好的朋友，所以我不敢相信你不能信任我。"她游到梅洛迪
的一旁，抬起下巴，看着她的眼睛。"你有一个儿子。这些年来，
我都没能帮助你，让你一个人默默地忍受着悲伤。"她张开双

臂，把梅洛迪拥入她的怀中。

莫尔维亚抚摸着她的头发。"这就是你乞求贝壳帮助你的事情吧。"

梅洛迪推开了她。"你怎么知道的？你对贝壳了解多少？"

"我见过，"莫尔维亚轻声说，"我听过你乞求——很多次了。"

"你听到了什么？"梅洛迪问道，"你听到我说什么了吗？"

"我听到你说'帮我找到你'。我就一直认为肯定是有什么东西丢失了。"莫尔维亚向比斯顿瞥了一眼。"我只是不知道丢失的东西是你的孩子。梅洛迪，你这个可怜的家伙。你承受了那么多，我本来可以帮助你的。"她紧握着梅洛迪的手，轻轻地摇着她。"我不明白贝壳怎么能帮你找到他。"她说。

"是的，"比斯顿先生回答，"扎利亚也告诉了我，我的父亲设法摆脱了她，然后他在贝壳里面放了一张地图。"

梅洛迪喘着气。"在里面？哦，我的——不！"

"怎么了？这是怎么一回事？"我问。

这一会儿，梅洛迪看上去完全失去了理智。她的眼睛疯狂地向我们扫视，然后她直勾勾地盯着比斯顿先生，又平静了下来。"我从来不知道贝壳里有什么东西，"梅洛迪说，"我真是个傻瓜。我怎么会这么笨呢？"

"你这是什么意思？"我问，"你为什么说自己蠢？"

"上次我们在暴风雨中相遇时，他的父亲把贝壳给了我，但暴风雨太猛烈了，我听不清他在说什么。我以为他在告诉我贝壳有魔法，魔法会把我带回到他身边。但他想告诉我的不是里面有魔法——而是里面有张地图！"

梅洛迪摇摇头说："这些年来，我一直握着它，每天低声对它倾诉，求它显露魔法，原来我一直都用错了方法。"

"你永远也拿不到地图，因为尼普顿在封住洞穴的时候，也用魔法把贝壳封住了！"亚伦说。

梅洛迪点点头。"封住了那些逝去的岁月，还有她们中的很多人。"她伤心地说，然后伸手去摸比斯顿先生的手臂。"你父亲在旅行中发现了一个小岛，他从未在那里看到过尼普顿的力量。他相信，一旦尼普顿的怒火爆发，我们就可以秘密安全地生活在那里。我想在这儿躲几周——最多几个月——然后再去找你们两个。"

"那一定是我们找到的那个岛！"我突然爆发了。

"你竟然也知道那个岛？"梅洛迪盯着我问，然后在我们四周转来转去。她说，"你们似乎知道得太多了。那你知道我的贝壳丢了吗？"

"你都知道吗？"莫尔维亚喘着气说，"我以为你只在早晨和晚上看着它。"

"你错了，"梅洛迪说，"贝壳是唯一能让我继续坚持前行的东西。"

也许现在是承认错误的时候了，但是我该怎么告诉她贝壳丢了呢？她会说什么？她会对我们做什么？也许她会变得和其他人一样讨厌。但一看到她可怜的脸，我就明白我们必须承担责任。我张开嘴，"嗯，我们，嗯——"

比斯顿先生挥了挥手，拦住了我，然后他把手伸进口袋，从口袋里掏出了贝壳。"在我这里。"

一瞬间，梅洛迪惊奇地盯着贝壳。"但是你——但是你是怎么办到的呢？"她开始胡言乱语，然后她笑了。"没关系，"她温柔地说，"我们在世界上一直都有生活的希望。现在最重要的是，贝壳带来了我一直都想找到的东西。"然后，她紧握着比斯顿先生的手，他们把贝壳夹在他们的手之间——她的脸上充满宁静。

一个小时前，发现比斯顿先生拿走了贝壳，我就像瀑布一样热血沸腾。但在我们听到真相之后，我不仅不责怪他，甚至不再对他持有抵触情绪了。我第一次觉得，比斯顿先生的诡计似乎代表着一种爱和忠诚。

他清了清嗓子。"对了，我还有别的事要告诉你，"他对梅洛迪说，"我的童年还存在着一个谎言。"

梅洛迪将另一只手也放在了比斯顿先生手上。"什么？"

他艰难地咽了口气，然后慢慢地点点头，好像是在和自己达成某种协议，随即告诉我们，"你走了以后，扎利亚和我父亲也没在一起多久。她欺骗了他，欺骗了他的全部生活——扎利亚告诉他，是你抛弃了我们，这使我父亲无法忍受。她告诉我，她的失败在于从来没有让我父亲爱上她，我父亲心里只有你。"
他抬头看着梅洛迪，脸颊上洋溢着温暖和不安。

"那时候你已经离开一年多了。他没有听从你的话，因为一直找不到你，他开始相信她，这也是他致命的错误。"

"什么意思？"肖娜问道，就像比斯顿先生故事中的我们一样。"为什么是'致命'的错误？"

"他不再关心任何事情了，他也不愿照顾自己，甚至几乎都不愿照顾我。"

"发生了什么事？"我问，"你告诉我，当你还是个孩子的时候他就离开你了？那也是谎言吗？"

比斯顿先生停顿了很长时间。"在某种程度上，"他的声音变粗，嘶哑得像一根风化的旧绳子。"我刚刚得知了真相。他——我父亲——"他哽咽得很厉害，"他已经淹死了。"

梅洛迪听起来像是哽住了。比斯顿先生再次抓住她的手，紧紧地握住。"对不起，"他低声说，"我从来不知道这件事，我不清楚她是不是想让我相信，我的父亲从不关心我，或者她是在避免让我接触到真相，但现在她告诉了我真相——所有的一切。她说她终于放心了，终于可以告诉我一切了，也许晚上她能睡个安稳觉了。"

"我了解扎利亚，"莫尔维亚严厉地说，"她从不做保护别人的事情。"

"但是她抚养我长大了，"比斯顿先生说，"我觉得她对我至少还有一点点的关心。"

"也许她确实是这样做的，"莫尔维亚说，"但是，别忘了，当初你成为孤儿是她的错。"

梅洛迪抬起头，盯着比斯顿先生。"他不是孤儿，"她坚定地说，"我儿子不是孤儿。"

在那之后，没有人再说什么，都沉默了。每个人都迷失在自己的思考和问题中。

肖娜是第一个打破沉默的人。"那么你们发现了什么？"她对我和亚伦说，"贝壳给你指引了一条路吗？"

我们都忘了这件事，她的问题也让我意识到了一些别的事情。"你是跟着我们进来的，对吗？"我对比斯顿先生说。

"我没有别的选择。尽管不是在监视你，但当我看见了贝壳，就知道它是什么了。扎利亚告诉了我一切，她的良心似乎需要彻底解脱。所以我知道贝壳会导致某种情况发生——虽然我不认为真的能够找到亲生母亲！但是我想这里面可能寄存着很多希望。"

"那你是从瀑布下来的吗？"我不耐烦地说。

"是的，那怎么了？"

我叹了口气。"我希望你近期没有其他计划。"

"你是什么意思？请解释一下吧，孩子。"

然后我们告诉他关于瀑布的事，关于这个能进来但不出去的洞穴，我们甚至告诉他我和亚伦的发现——我们能解开尼普顿的魔法，但是我们只能让我们俩离开瀑布，其他人都不行。

"那么，现在只剩下唯一的办法了。"比斯顿先生在我们解释完一切之后说。

"什么办法？"我问。

"你们需要再从瀑布里出去，你们两个将再去完成一个任务。"

"什么意思？"亚伦问，"让我们去找谁？"

比斯顿先生看着亚伦的黑眼睛，坚定地回答："尼普顿。"

第十六章

我醒得很早，睁着眼睛望着天花板，试图把昨天发生的一切都梳理清楚——以及今天我们要做的事情。

比斯顿先生告诉我们尼普顿的方位，我们要让卫兵带我们去见他。现在所要做的就是找到尼普顿，说服他把被困的人全部释放。我希望我能像比斯顿先生一样乐观。

我下了床，把衣服扔在地上，给妈妈写了一张便条，然后匆忙赶到亚伦家的码头。幸运的是，周一早上七点钟，没有多少人会在海滨栈道徘徊。我脑海里又回想着昨天报纸上的那张照片，现在我确信大部分人已经看到了报纸。

当我到达他们家门口时，亚伦正从他的小屋里出来。"准备好了吗？"他轻轻地把门关上。

"直面尼普顿？"我不寒而栗地问，"我希望永远也不需要为此做好准备！"

他笑了。"来吧，我们走吧。"

我们在一个巨大的水下宫殿里等待着。比斯顿先生的指示和用意，都和他说话的方式一样令人印象深刻。

我想起记忆中尼普顿宫殿的风格，并不是所谓的那种精致的装饰品位。大理石的柱子上镶嵌着花哨的金色螺旋，安放在房间的各个角落。大概是世界上最大的吊灯挂在穹顶上，在柔和的水流中轻轻地摇曳。

一条穿着漂亮衣服的人鱼向我们游来。"尼普顿让你们进去，"他郑重地说，"跟我来。"

亚伦牵着我的手，我们跟着人鱼穿过弯弯曲曲的走廊和隧道。最后，我们来到一个大门口。大门是用玻璃做的，框架上镶着璀璨的宝石。通过门，我看到一个很高的宝座——一个非常严肃的尼普顿坐在上面。

记忆中和尼普顿交流的场景涌上心头：在他的法庭上面对他的愤怒；当我偶然找到他的戒指时，他诅咒我；以及我几乎被他的宠物北海巨妖折磨致死。"我不知道我能不能这么做。"我轻声对亚伦说。

"你必须这样做，"他低声说，"肖娜需要我们，他们都需要我们。"

只要提到肖娜的名字就足以提醒我要做什么。"你说得对，"

我深深地吸了一口气，补充道，"我们去和尼普顿谈谈吧。"

我们静静地等待着，看着尼普顿的皱纹和眉毛、眯着的眼睛和紧闭的嘴巴。我们把一切都告诉了他，现在我们能做的只有等待——希望他不会把我们塞到他的鳃里。

"这事情牵扯到比斯顿的母亲，是这样吧？"尼普顿用他锐利的目光盯着我。

我点点头。"还有其他的赛伦。"

"是的，是的。"

"这是很久以前的事了，陛下，"亚伦小心地说，"那时候你的法律和现在大不相同。"

尼普顿瞪了他一眼，我接着亚伦停下的话继续说："您说过，现在是一个新世界。而且您还指派我们营造一个新的世界，如果您释放她们，这可能会对我们的任务有很大帮助。"

尼普顿转过身来冷冷地盯着我："你怎么会这么认为呢？"

我哽咽了。"好吧，我——"我开始不知道说什么，然后脑子一片空白。当我试图向站在面前的尼普顿求情时，他冰冷的眼神仿佛对我说的一切都充满怀疑。不管怎样，我感觉无比困难。

"您如果这么做的话，就会传达出一种消息。"亚伦说。

尼普顿转过身来面对着他。"你在说什么？"他咆哮道。我希望他能像普通人一样说话！为什么从他嘴里说出来的话都是那么大声。

"如果您放了梅洛迪她们，就会向世人展示尼普顿真的已经放弃了旧的规则。那些诱使渔民死亡的赛伦已经是过去的事了，这个消息将带来巨大的震撼，尤其是对于西普罗克发生的事情。"

尼普顿皱起了额头。"西普罗克发生了什么事？"他问，"最近我的消息更新得是不是有点慢了？"

"他们每天都在猛烈地攻击人类，"我说，"由于布莱特港的房产开发项目，他们的小镇正面临威胁。"

"那这件事跟我又有什么关系呢？"

"嗯，没有什么关系，但是如果你让赛伦出来，她们可以帮助我们平息混乱的局势。人类和人鱼一起工作，向西普罗克展示这并没有什么可害怕的——也许这是她们得以释放的条件。"

尼普顿揉搓着他的胡须。"嗯，好吧，让我想想这个问题。"他平静地说，几乎像是在自言自语。"再加上一个附加条件。是的，就这么定了。但另一方面——"他点了点头。"对了，就是这样！"他咆哮着，"我已经决定要做什么了。"

当我等他继续时，我愣住了。他要说什么？我还能再见到肖娜吗？我们犯了一个巨大的错误吗？请帮帮我们，请不要把我们送走。

"我要解开洞穴上的瀑布，"他宣布，"赛伦可以自由离开了。"

"肖娜呢？"我几乎不敢奢望。

尼普顿回答了着我的问题。"是的，当然，当然包括比斯顿和你的朋友。"

亚伦盯住我的眼睛，竖起了大拇指。"我们做到了！肖娜要自由了！"

"我还没说完呢！"尼普顿的声音轰鸣着，在我有机会庆祝之前，他又提出了三个条件。"下面是我的条件。"

我们默默地等待。

"第一，你们要加倍努力完成你们的任务。我给了你们任务，是希望你们能把这个任务铭记于心。但到目前为止，我仍旧看不到有任何进展。而刚刚你们告诉我，通过这件事你们将会取得重大进展，也就是解决布莱特港和西普罗克的紧张局势。我想要一个完美的结果，你听见了吗？"

"当然，"我说，"我们将竭尽所能。"

"你们不应该是尽己所能地去实现这一点，你们是必须实现！"尼普顿咆哮着，"否则你将面对我的愤怒！"

"当然，陛下，我们会成功的。"我急切地同意。

"第二，失忆药剂将在布莱特港中被解除。"

我的希望开始破灭。整个布莱特港仍然在到处捕捉人鱼，我们怎么继续生活在那里？我们得搬家了，不然我就得找个整形外科医生给我一张新面孔。我张开嘴，想让尼普顿重新考虑这个决定。我不知道怎么说服妈妈和爸爸在另一个新城镇重新开始生活，而且我也很喜欢我现在的脸。

"不能退让！"尼普顿好像猜到了我在想什么，用简单的词给予了回答。"如果你始终想生存在黑暗中，如何能让人类和人鱼在一起建立新世界？你怎么能让布莱特港的人们关心他们的邻镇？如果他们连它的存在都不知道，会停止破坏它吗？"

这听起来确实很有道理。

"你会完成这件事的。"他重重地说。

我叹了一口气。"好吧。"我最后勉强说，我们在这件事上没有任何选择，所以我不知道他为什么等待我们同意每一个条件。然后我有了另一个想法。"我的祖父母，"我说，"他们怎么办？"

"好吧，我的意思是，如果我们同意在布莱特港消除失忆药剂的话，这也会永久地从他们身上消除吗？"

尼普顿的脸红了。"不要妄想与我谈交易！"他咆哮着，"我，只有我，能够提出条件！你明白吗？"

"当然明白，陛下，"我温顺地说，"对不起。"

尼普顿想了一会儿，说，"如果我不知道你的祖父母在哪里，我就无能为力了。但我会赐给你们这一点奖励：如果他们到了布莱特港那里，这条规则也适用于他们。这是我能给你的最好的礼物。"

"谢谢您，先生。谢谢您，陛下。"我喋喋不休地说。

尼普顿又举起手来。"还有一个条件，"他说，"这是最重要的。"

就是这样，他告诉我们，我必须放弃亚伦和肖娜，再也不要见到他们；或者我要永远离开布莱特港，永远不回去，在孤独黑暗中度过剩余的日子。

"或者还有一个选择，那就是你们必须放弃你们的力量。"他说。这是他第一次看起来不舒服，笨拙得几乎像一个普通人。

"我们的力量？"亚伦问，"您是说……"他握住我的手，用手指绕着我的手指，双手举在我们面前，"是这样吗？"

尼普顿紧紧抓住他的三叉戟。"没有人能够对抗我的魔法。"他说，"这是不合理的，事情不应该是这样的，也不是我想要的。但是一旦你们这样做了，相同的魔法本源意味着我无法主动撤销它。"

"您不能主动撤销它吗？"我又重复了一遍，"这该怎么消除呢？"

"你们必须主动放弃它，"他冷冷地说。"你们必须同意把它还给我，因此我需要你们的认可。"他把三叉戟放在我们手上。"你们必须自愿放弃。如果你们双方都同意这样做的话，力量就可以退还给我了。"他紧紧抓住三叉戟。"你们同意吗？"

我看着亚伦，他不必担心最好的朋友被困在一个水下洞穴里，身边围着一群邪恶的赛伦。他也许不想放弃这么酷的力量。

他没有回头看我，只是眨了眨眼，紧握住我的手。"我们同意。"他坚定地说。

　　他一开口，我就想跳起来拥抱他，我想搂着他——当我意识到我想这么做的时候，我的脸就烧起来了。我第一次希望他看不懂我的心思——我想吻他。

　　在我有机会过分担心这些事情的时候，尼普顿又开始说话了。"现在，你必须信守承诺。而且不要忘记第一个条件，我会给你和你的家人们一周的时间，向我证明你们在认真对待任务。如果那时我还看不到结果——"

　　他甚至不需要完成他的判决，我知道被尼普顿威胁是什么感觉。虽然他轻描淡写地描述着，但话语中透露着严肃。

　　"我们会的，陛下，"我说，"保证完成。"

　　"很好，我们需要互相理解。"他说。

　　"哦，是的，我们当然互相理解。"我的身体颤抖着，回想起了因为尼普顿的坏脾气而释放出来的怪物、诅咒以及风暴。

　　"现在，握着你们的手！"尼普顿命令我们。我们照他说的做，他把三叉戟放在我们伸出的手上。

　　"永远不应该被释放的力量，现在回到我这儿来。"他吟诵道。

　　一毫秒后，我的手有种烧伤和刺痛的感觉。亚伦的手抓得更紧了，我也紧紧握住他的手，亮光从我身上涌出，好像有人在我身上放了一块电池一样，电流从我的手上流遍全身，然后停了下来。

　　什么也没有发生。

尼普顿把他的三叉戟移走了，"已经完成了，"他说，"谢谢你们，现在我们该返回洞穴，我将完成我的约定。来吧，你们和我一同前往。"

就这样，我们转过身，跟着他走出了房间，走出宫殿，来到等待着的战车上，黄金装饰着的海豚战车带我们回到了洞穴外。

尼普顿花了很长时间才把三叉戟放在瀑布上，低声咕哝着什么。然后，他向我们点了点头，说："解决了，我走了。"

当我看着他驾驶战车离开的时候，我呼出了一大口气，仿佛我们依旧在他的宫殿里一样。然后，当战车变成远处的一个点时，我转向了那口井，井口现在已经平静了——感谢他信守承诺。

赛伦一个接一个地向井外游去，又游进了大海深处。每个人都向我说了一声"谢谢"。她们中间没有人单独过来跟我说话，也许是因为她们对待我们的方式太尴尬了。

然后梅洛迪出来了，她径直向我游来，握住我的手。"爱美丽，你不会知道你做的这些事对于我来说多么重要，"她声音沙哑，眼泪汪汪。"我永远亏欠着你，如果你有什么需要的话，就来找我，记住这一点。"

"我会的。"我用手指拨弄着头发。

梅洛迪用手指抚摸着我的脸颊。"我是认真的，"她说，"什么都行，明白吗？"

我盯着她看了一会儿。"好吧，"我说，"谢谢你。"

梅洛迪笑道："你没有什么要感谢我的，"她说，"什么也没有，反而我现在拥有的一切都要感谢你。"

我向其他赛伦点了点头。"她们会去哪里？"我问。

梅洛迪微笑着说，"她们会返回从前的地方，重新开始正常的生活。到时候，她们会原谅我的，最终她们也会原谅自己，她们会没事的，"她微笑着说，"我们都会没事的。"

过了一会儿，肖娜的头出现在井的顶部，我径直向她游过去。

"爱美丽！"她搂着我说，"你做到了！"她沉重地呼吸着。"你把我们弄出来了！一切都结束了！"

"是的。"我拥抱着她。我不想让她看到我的脸，如果她看到了我的脸，她可能会看到我的担心，并且意识到事情还没有结束。我们需要花一周的时间想出一个改变世界的计划，否则我将再次面对尼普顿的愤怒。

曼迪瞪着我们，睁大眼睛，说不出话来。周一晚上，我们在她家里告诉了她一切。"哇！"她最后说。

"哇？就这样吗？"我笑了。

曼迪摇摇头，"我还能说什么呢？真是太神奇了，你们是英雄。"

"是的，我想是这样，"我说。

亚伦轻轻推了我一下。"嘿，怎么了？你应该感到快乐。"

"我知道，但是——"

"任务，"曼迪说，"你有一周的时间来完成尼普顿的任务，你需要做出改变的计划。"

"正是这样，因为在那一刻，我们无法改变他的决定。如果我不服从他的话，你就再也看不到我了。"我不寒而栗地说，"我再也受不了那种感觉！"

亚伦拍了拍我的手臂。"嘿，我们会想出办法的。"他淡淡地笑了笑。听起来好像他和我一样相信这件事能够完成。"想想看，你从那个洞穴里救出了所有的赛伦。"

"是我们把她们救出来的，"我提醒他。

"好的，我们把她们救出来了，这是多么了不起的成就。嘿？她们被困在那里好多年了吧！你看她们是多么感激。还答应下次你需要帮助的时候去找她们，如果这都算是小事的话，那你是多么狂妄！"

我笑了出来，亚伦似乎已经学会了肖娜那一套——在恰当的时间说恰当的话，这让我感觉很开心。"谢谢你！"我说。

就在这时，我们身后的门打开了，曼迪的父母和一个我从未见过的男人一起笑着聊天。

"那是谁？"我问。

曼迪瞥了一眼他的肩膀。"哦，他啊，就是《布莱特港时报》

的编辑贝克特先生。他和我的父母一直是最好的伙伴，因为他们一起从海怪照片中赚了几千英镑。"

"嗨，孩子们！"他们喊了一声，带着几瓶酒消失在客厅里。

"不管怎么说，"我接着说，"妈妈如果知道我们只有一周的时间向尼普顿证明我们可以完成这个任务，我不知道她会怎么做。因为目前为止，我们还没有取得多少成就，她已经觉得很糟糕了。"

"没有取得多少成就？"曼迪咯咯地笑了起来，"那你刚刚做了什么？"

我摇摇头。"我知道，不过，她对另一件事仍然感到不安。"

"还有别的问题吗？"亚伦问。

"我的祖父母，"我说，"我们还没有找到他们。妈妈已经见过他们一次了，她对他们的思念比以往任何时候都多。如果我们能让他们回到这里就好了。我的看法和她一样，如果连我们自己的家庭都不能一起和平地生活，我们怎么能把两个世界联结在一起呢？"

"你试着和他们取得过联系吗？"曼迪问。

"米莉联系过。她一次又一次地打电话给他们，但他们不接她的电话。在失忆药剂生效的情况下，他们只记得他们赢得了一场比赛，然后他们来到这里，发现这一切都是骗局。现在他们不太可能再听她的话了。"

"为什么你妈妈不能给他们打电话？"曼迪坚持说。

"她不会的，因为她太骄傲，或者说太固执了。在他们来过这里后，她再也忍受不了别人的拒绝。"

"那你为什么不打电话？"亚伦建议道。

"那我该说什么呢？'嘿，你们可能不知道我的存在，但我是你们的外孙女，如果你们能来布莱特港，你们就会突然想起我，'你觉得这样可行吗？我可不这么认为！"

曼迪看着客厅的门，脸上带着奇怪的表情，她的眼睛里闪现出火花。"等一下，"她说，"我有个主意。"

曼迪的想法很好，我们让她继续说下去。但是，当我回到家时，发生的事情又把一切弄得一团糟。

爸爸妈妈待在一起。爸爸在海里，妈妈双腿悬在船边，衣服进了水里。

"嘿，小宝贝！"妈妈直截了当地说。

爸爸淡淡地笑了笑。

"妈妈，爸爸，怎么了？"我问。

爸爸摇了摇头，没有回答。

"我们刚刚得知委员会今天下午开会了。"妈妈说。

"然后呢？"

"嗯，比斯顿先生一直在设法让他们放弃开发计划，"她接着说，"但他们一致投了赞成票。"

“那么这意味着什么呢？”我问。

爸爸说：“这意味着他们仍将继续采用最初的两个计划之一，无论哪一个都会给西普罗克带来灾难。”

真希望我们能做些奇迹般的事情来取悦尼普顿。但西普罗克注定要消亡，我也一样。

“他们会在下一次计划会议中决定采取哪种行动。”妈妈说。

“什么时候？”

“一周后的今天。”

真棒，正是我要告诉尼普顿我们改变了世界的那天，但我的世界将要崩溃。为什么我做的每件事都要变成灾难？

好吧，也许不是绝对的。毕竟我们救了肖娜和梅洛迪。

等等！梅洛迪！

她说过什么？“如果你有需要的话，来找我，我会帮助你的。”

当我脑海中浮现出这个想法时，我笑了一下。也许一切还没有完全结束。

第十七章

"你是怎么找到我的？"

"比斯顿先生，呃，查利，告诉了我你在哪儿。"我结结巴巴地说。

梅洛迪笑了。"我的儿子。"她享受着这个字眼，仿佛那是某人送给她的珍贵珠宝，不过我想在某种程度上确实是这样。

"你，呃，你说过你会尽你所能感谢救命之恩吧？"我继续说下去。

"当然，"她严肃地说，"我是说真的。"

"嗯，我遇到了点麻烦。"

我把我的想法告诉了她。当我说完时，梅洛迪皱起了眉头。"爱美丽，我确实想帮你，真的。但是，从我——"

"你是最棒的，"我说，"我敢肯定，你还是能够歌唱的。"

梅洛迪紧张地拨弄着上衣的一个亮片，把身子从我身边移开。我以前在哪儿见过这个动作？我突然意识到了这个问题，然后笑了起来。

"他也这么做。"我说。

她转向我。"谁？"她问，"做什么？"

"比斯顿先生——您的儿子，"我说。"他摆弄着夹克上扣子的动作，和您一样。"

梅洛迪的微笑照亮了整个房间。水似乎也变暖了，岩石里发光的灯更亮了，甚至连岩石本身也闪烁着微光。如果仅仅是她的一个微笑就能做到这一点，想象一下如果她歌唱——会发生什么？

"好吧，"她最后说，"我同意了。"

是的！现在我只有一件事要处理——我觉得我认识一个能帮上忙的人。

三天后，我被敲门声吵醒了。我拉开了窗帘，透过舷窗可以看到亚伦的脸。他站在我卧室外的防浪堤上，说着我听不见的话，向我招手让我出来。

我跳下床，跑出去找他。

"曼迪的计划成功了！"他说，"我刚看到他们来了。"

"你确定吗？"我几乎不敢相信他的话。

"我看到了他们的车——而且我还看到他们进去了，绝对是他们！"他抓住我的手，"来吧，我们过去吧。"

"等一下，"我说，"如果——如果它没有起作用怎么办？如果他们什么都不记得怎么办？"

亚伦看了看防浪堤下面的海水，海水慢慢地向岸边冲去，又向外退回。

"我们遵守了对尼普顿的承诺，我想他也会遵守他的诺言，"他说，"他们会记得一切的。"我点了点头。"那样的话，你在这儿等我一会儿。"我跑进小船。

"你要干什么？"他在我后面喊。

当我准备弯下腰进船的时候，我对他喊道："去找妈妈。"

我把妈妈拉向小屋的门。"向左转，在这里停下。好，再向前走两步，再往上走一步。"

"你在干什么，爱美丽？"妈妈抱怨道，"你知道我不喜欢惊喜，尤其是早上的惊喜。"

亚伦对我咧嘴笑了笑。"哦，你会喜欢这个的，夫人。"

妈妈皱起了眉头，她的眼睛蒙着茶巾。"你们最好别吓倒我，"她严厉地说，"要不我会让你们痛苦的。"

我解开茶巾。"好吧，准备好了吗？"我问。

妈妈擦了擦她的眼睛。"如果我都不知道为什么而准备，又怎么能知道自己是否准备好了呢？"

我们和亚伦一起站在台阶上。"那么，进来吧，"他说，"跟我们来。”

然后他举起拳头，指关节在门前徘徊，又转向我。“确定吗？”他问。

我点了点头，尽可能紧紧地交叉着手指，嘴里默默祈祷着。“请生效吧，请生效吧。”

亚伦敲敲门，我屏住呼吸。

有人慢慢向门口走来。

然后门被打开了。

“哦，天呐，我的天呐！”站在我们前面的女人用手捂住嘴。她热泪盈眶，用另一只手紧紧地抓着门。“哈里！”她叫道，“哈里——快来！我找到她了，我找到我们的女儿了！”

过了一会儿，她把妈妈抱在怀里。“哦，我的宝贝，”外祖母一遍又一遍地喊着，“我亲爱的，亲爱的女儿。”

外祖父站在她身后。“进来，进来，你们都进来！”他开心地说着。

我们走了进去。外祖父向妈妈伸出双臂，妈妈倒在了他的怀里，而外祖母则站在妈妈身后，抚摸着她的背，自言自语，半哭半笑。

我转向亚伦。“我们成功了！”我开心地说。他微笑着向我伸出双臂。

“你做到了，”他一边说一边把我拉近。“是你和曼迪的计划。”

"曼迪——我们去告诉她这个好消息，现在去看看她吧？"我问。

亚伦把我拉近一点。"一会儿就去。"他说。我紧紧地偎依在他的肩膀上，没有抵抗。

"嗯，虽然不知道发生了什么情况，但我想我是来喝茶的。"门口传来一个声音。

妈妈从父母怀里挣脱出来。"米莉！看看谁来了！"她说。

米莉对站在她旁边的人眨了眨眼睛，还有一个人跟着她从门口进来了——是曼迪。

"好吧，真想不到！"米莉对曼迪说，"我想知道这是怎么发生的——"

然后她大步穿过前厅，径直走进厨房。"水壶在哪里？"她问。

曼迪和我们一起站在前厅。"是我告诉她的，"曼迪羞怯地说，"我觉得她也许能帮上忙，结果她确实做到了。"

"你们是怎么做到的？"我问。

曼迪笑了。"你会知道的。"

"你会知道什么？"妈妈说着走了过来，伸出一只胳膊搂住我的肩膀。"是时候给我解释一下了吗？"

外祖母用胳膊搂住妈妈的腰。"我也想知道，"她说。

我们坐了下来，米莉给我们每个人倒了茶，亚伦、曼迪和我解释了一切。

"但有一件事我还是不明白，"妈妈说，"你怎么把他们弄到这儿来的？"

外祖父从角落的箱子里拿出一份报纸。"因为这个。"他说。

他把它打开，摊在桌子上，让我们大家都能看到。"这是米莉给外祖父母拍的照片。"

我看着曼迪，她笑了笑。"就是这样。"她说。

我读了照片下面的说明。

你认识这些人吗？你最近见过他们吗？这是你吗？

如有，请速来布莱特港。你生命中最大的惊喜正在等着你。

现在就来！你不会后悔的！

外祖母笑着看着妈妈，说："我们给编辑打电话，他让我们到这个小屋来。这篇文章是对的，毫无疑问，这是我们生命中最大的惊喜。"

"但这是怎么上的报纸呢？"妈妈问。

曼迪清了清嗓子。"呃，是我。"她说，"我爸爸和《布莱特港时报》的编辑是很好的朋友，这是当地很有名的报纸。"

"但没想到这么快就实现了。"我说。

"是啊，还以为这要等待很久呢。"曼迪补充道。

妈妈把她的手放在曼迪的手上。"但它起作用了，"她温柔地说，"这才是最重要的。"

她是对的，但重要的不是这些。重要的是，我只有几天的时间向尼普顿展示，任务已经有了很大的进展，虽然我不知道我们能否成功。

比斯顿先生已经同意帮助我达成心愿，多亏了他的内部关系，我们获得了一个完美的地点——但依旧不能保证会成功。

与此同时，我仍然不能昂着头绕着布莱特港走，生怕身边的人把我扔进网里，然后去换取他们的奖赏。

曼迪看到我脸上的表情，用胳膊肘推了我一下。"嘿，"她低声说，"我昨天在《布莱特港时报》的办公室见到了比斯顿先生。他看上去很满意，我不知道和这件事有什么关系。"她把晨报塞到我手里。"我差点忘了这是我找你来的目的。"她向我的外祖父母挥了挥手。

"这是什么？"米莉问。她把报纸摊在桌上，我们都盯着头版。

周六晚特刊

周六，在布莱特港码头新开发的项目上，将上演一场你从未见过的神秘秀。这件事是如此秘密，即使《布莱特港时报》的工作人员也不清楚具体情况。但我们的承诺是：这将是一场独一无二的演出，任何错过的人都会后悔。去那里吧——这周六，其他地方的人会因为不在布莱特港而感到遗憾的！现票有售。成人 2 元，儿童 1 元。

干得漂亮！比斯顿先生完成他的计划了！

"嗯，听起来很划算。周六晚上去喝两杯吧。"米莉边说边把杯子里的茶喝干。

"哦，我不知道，"妈妈说，"你知道这些报纸是什么样的，他们总是夸大其词。这可能只是编辑朋友举办的舞会之类的聚会。对不起，曼迪，我没有别的意思。我知道你的父母是他的好朋友。"

"妈妈，我们一定要去，"我说，"我们所有的人都得去。"我环视了一下每个人。

曼迪和亚伦热情地点了点头。"当然，我们必须要去了！"亚伦说。

"绝对同意！"曼迪也同意了。

妈妈向我微笑。"好吧，如果这对你来说有重要意义的话，小宝贝，我肯定我们要一起去参加。"

"这可能是一个庆祝家庭团聚的好机会。"外祖父说。

"大部分家庭成员，"妈妈小心地说，"你们知道杰克和我——我们又在一起了。你们不介意吧？"

外祖父紧紧握住妈妈的手，一只胳膊搂住了外祖母的肩膀。"亲爱的，我们再也没有比这更自豪的了。"

妈妈看着米莉，米莉耸耸肩，说："你知道我不喜欢不合群的行为。如果你们都去的话，那么我也去。"

我向每个人微笑。"这就对了，到时候我们大家一起去。"

现在我需要做的只有等待了，所能做的也只有祈祷我们能完成使命，然后我就能把尼普顿的重担从我的背上卸下来——祝我好运。

我们一排排地寻找我们的座位。座位就在中间，三排后面。真是好座位——从这里我们可以看清楚一切。

这次活动是在海滨的新房地产开发项目上举行。我们面前，一个仓促搭建起来的舞台坐落在大海的正前方，因此大海本身就是舞台的 部分。由于比斯顿先生的关系，这个地方已经设立了临时座位。这是他有生以来第一次干得这么出色！

我几乎无法集中精力看戏。我所能想到的就是，这是我们唯一能够让尼普顿高兴的机会。如果不起作用，那任务就失败了，我将不得不面对他的惩罚。

这次的惩罚会是什么？他会不会把我投入监狱？我会像父亲那样在监狱里待差不多一辈子吗？也许他会把我放逐到赛伦的洞穴里，现在我没有力量再出去了。

我做了几次深呼吸，尽量不去想它。

礼堂里一片寂静，有人走上舞台。一个聚光灯出现了，我看清楚了那是谁。

妈妈捅了捅我。"比斯顿先生到底跟这件事有什么关系？"

她低声说。

我没有告诉她我们策划了什么。她整整一周都和父母在一起，从来没有停止过笑。如果她知道这次的赌注有多大，她就会和我一样担心，而我也不忍心这样对她。

比斯顿先生清了清嗓子。

"谢谢你们今晚来到这里，"他开始高声演讲，"似乎整个城镇的人都在这里了。"

我在黑暗中环顾四周。这地方的每个座位上都有人坐着，而且过道里、楼梯上都挤满了人，甚至还有人紧贴着后面的墙壁。还好这是一个户外活动，否则我们可能会违反消防规定。

"这是一个历史性的时刻，我很自豪你们能共同见证，"他接着说，"但是，在这之前，我还要感谢另外一个人。"

他的眼睛扫视着人群，在我身上停了下来，我竟然也得到了巨大的关注。我抬头看着比斯顿先生，他对着我微笑，伸出一只胳膊。

"一个很特别的人，"他接着说，"在她过去短短的十二年人生里，竟然完成了比我这一辈子做过的所有事都要伟大的事情。女士们，先生们，如果没有年轻的爱美丽·温德斯内普，今晚是不可能有这个机会的。爱美丽，你还能坐得住吗？"

我在座位上缩得更低了。他在做什么？

妈妈捅了捅我。"去吧，小宝贝，你最好照他说的做。"她低声说。

我局促不安地站在座位前，聚光灯照得我浑身发热，所有的眼睛都直直地盯着我。

我花了整整一周的时间来试图避开所有人的目光，但现在全城的人都在看着我！比斯顿先生开始鼓掌，笨拙的掌声立刻传遍了整个地方。没有一个人知道他们为什么鼓掌——包括我！

最后，比斯顿先生示意我坐下，我感激地坐回座位，我的脸还在发烫，我的腿像摇摇晃晃的果冻棒。

"女士们，先生们，"他说，"我们带你来这个特别的地方是有原因的。如果我们今晚在这里取得成功，你们即将看到的表演也将会改变你们未来的生活。这些我以后再和你们谈，现在，请允许我向你们介绍——我的母亲。"

说完，他挥了挥手，大摇大摆地离开了舞台。聚光灯关掉了，我们坐在那里，在越来越暗的环境中等待。

原本的寂静变成了窃窃私语和笑声。"他的母亲？"我听见有人说。"我们大老远跑来找一个老妇人消遣吗？""她打算做什么？"另一个声音说，"木屐舞？"

窃窃私语声越来越响，笑声也越来越大。很快，整个地方似乎变得焦躁不安。

然后，窃窃私语被特别的声音取代了。这声音轻柔得像风一样掠过人群，抚摸着每一个人，带走了寒冷，带走了恐惧和悲伤，仿佛除了自己的肉体，什么也没有留下。

这是一首歌，一首赛伦之歌。它没有歌词，但它如此完美，让人感觉很熟悉。仿佛我们生来就知道这首歌，仿佛自然界的万物都因这首歌而存在，因它而变得更强大、更明亮、更美丽——没有它，我们几乎无法生存，这首歌就像我们的呼吸一样。

到处都有人伸长脖子看声音是从哪里传来的，泪水从他们的脸上流下来，因为这歌声太美了。

然后聚光灯又打开。

"看，在那儿，在岩石上。"有人喊道。

是她——梅洛迪。她坐在岩石上，头微微低垂，尾巴顺着岩石垂下，她的眼睛看着黑暗的礼堂，好像每一个人都在她的掌握之中，她的歌声让我们的想象力和我们的梦想延伸至遥远而未知的地方。

掌声雷动。人们站在椅子上，把双手举过头顶欢呼，并要求梅洛迪唱更多的歌曲。

即使当比斯顿先生回到舞台上，试图阻止掌声时，声音仍在继续。最后，他放弃了，当她又鞠了一躬的时候，人们的注意力都集中在了梅洛迪身上。

最后，人群开始安静下来。比斯顿先生回到了舞台上，他扫视了礼堂。这一次，当他的目光与我的目光相遇时，他什么也没说，他只是歪着头。我明白他的意思。

我从座位上站起来。"让开，妈妈，"我说，"我必须这么做。"

我慢慢走到那一排的尽头，走向舞台。

每双眼睛都在盯着我，但这次没关系。我知道该做什么、该说什么。最后，人群安静得足以让我说话。

"在过去的几周里，你们许多人记起了见过人鱼，"我开始说，"你们中的一些人可能会想，这些记忆是从哪里来的，如果它们是真的，为什么它们被隐藏了这么久？"

我停了下来，窃窃私语声传遍了礼堂。人们点头，"是的，"他们说，"这也发生在我身上。"

我深吸了一口气。"你们的记忆是真实的，"我说，"正如你们今晚看到的，人鱼是真实存在的。多年来，人类和人鱼这两个世界一直存在着分歧，但我们需要改变这个。"

我停了下来，我们艰巨的任务使我喘不过气来，这中间十分危险。突然之间，我不知道我是否能坚持下去。如果我们失败了怎么办？在全镇人的前面丢脸？我不能这样做。这句话在我心中冻结了，拒绝从我口中说出。

"我的家人和我最近做出了一个承诺。"一个声音从我身后传来，从我登上舞台的地方继续传来。

我转过身。聚光灯沿着舞台的后面搜索着是谁在说话，然后我在水里找到了他。

是爸爸！

他伸出一只手，我跑到水边，抓住了他。

"我们家达成了一致,"他接着说,"我们将致力于让人类世界和人鱼世界和平共处。今晚,你们可以选择帮助我们。如果你们喜欢刚才听到的,并且你们想要听更多的美妙声音,你们就要让人鱼进入你的生活,进入你的内心。今晚的表演是在议会计划用来建造房屋的土地上进行的,你们不知道的是这个建筑会摧毁附近的人鱼小镇——以及人鱼。"

父亲停了下来,人群中传来一连串的喘息声和咕哝声。"我就知道!"我听见有人说,"我告诉过你的!"

"是的,"父亲接着说,"附近有个人鱼小镇——西普罗克的人鱼们只想平静地生活下去——我相信布莱特港的人也一样。直到现在,他们是否能继续生存还掌握在你们手中。"

他又停了下来,吸了一口气。他必须说服他们,让他们可以做出改变。

他又继续说:"明天委员会将对这片土地做出最终决定,这一决定将毁灭西普罗克和它的居民。但如果我们共同努力,我们就能阻止这一切的发生。如果你们想要和我们在一起,如果你们想有更多这样的夜晚,如果你们想把这片土地从一场推土机的灾难变成两个世界之间的桥梁,你们必须告知议会。明天去参加他们的会议,让他们停止计划。如果整个城镇的人都能团结起来,他们就会听从大家的意见。女士们,先生们,如果你们想要做这件事,请现在就加入我们,表达你们的支持。人鱼和人类已经联合起来试图阻止这个项目,让全城的人都反对去吧！帮助我们创造一个新的世界！谢谢你们！"

说完，他紧紧抓住我的手，我们等着看接下来会发生什么。

我向外看了看礼堂。我注意到的第一件事，是妈妈从座位上站起来，外祖母和外祖父也站在她旁边。过了一会儿，他们慢慢走到第一排，爬上台阶，和我们一起站在台上。

妈妈握住我的手，外祖父紧紧地握住她的另一只手，外祖母来到我的另一边。

"放开！"她对爸爸说，用这两个小字眼，她摧毁了我心中的希望。在所有的事情都发生之后，在整个镇子的前面，她还在试图把我们分开。不！她怎么可以这样呢？

"爱美丽，这不是你想的那样，"她说，"请。"

爸爸向我点了点头，我依依不舍地放开了他的手。外祖母立即走到我们中间。然后她握着我的一只手，另一只手则向爸爸伸出。

"我们也是你的家人，杰克，"她坚定地说，"我们将共同建设这个新世界。"

然后她捏了捏我的手，转向礼堂。我也是这么做的，我目光所到之处，人们都站起来，都在鼓掌和微笑。

然后有人在我后面。"嘿，"她悄悄地说。我转过身去，看着梅洛迪在旁边的水中。

"肖娜！"我放开妈妈的手，招呼她过来。她游到我身边，握住我的一只手。妈妈抓住了肖娜的另一只手。

我在人群中搜寻着亚伦。他和他的妈妈坐在曼迪和米莉旁边，我们的空位子在他们周围。他正从座位上站起来，过了一会儿，米莉也站了起来。她一只手抓住亚伦，另一只手抓住曼迪，轻推亚伦的母亲，一路冲到最前面。

到了那里，她停下来对曼迪和亚伦说了些什么。亚伦点了点头，而曼迪犹豫了一下，然后对她后面那排的父母耳语了几句。过了一会儿，他们也站了起来，所有的人都走向舞台。

米莉突然出现在妈妈和肖娜之间。"好吧，没有我，你就不能开始一个新的世界。"她在说这句话的同时把她们的一只手握在她的手里。曼迪在米莉、肖娜以及她的父母之间挤了一挤，亚伦的妈妈也加入了我们的行列。亚伦挤到我旁边，握住我的手。

曼迪向礼堂点点头。"看！"她说。我抬头一看，简直不敢相信发生了什么事。

人们成群结队地从座位上站起来。不是离开——而是加入我们的舞台。成排成排的人手牵着手，加入我们的行列，走过来和梅洛迪握手，相互介绍，向她表示祝贺。还有人和我爸爸交谈，然后握手。很快，就已经看不到舞台在哪里、礼堂在哪里了。

"我们做到了，"亚伦在我耳边说，"我们真的做到了。"

就在这时，我听到身后溅起了水花。我转身看见水里有人。

"这是西普罗克人！"肖娜喘息着说，"他们也加入了我们！"

他们排着队，延伸到看不见的地方，向我们游来。然后我在他们中间认出了一张脸——沙克泰尔夫人。她轻快地游着，后面跟着一队来自人鱼学校的学生。沙克泰尔夫人！甚至连她也加入了我们！那时我才真正意识到我们已经成功了。

我不敢相信这一切。我知道任何话都能让我的眼泪从眼睛里流出来，所以我只是尽我所能地紧握着亚伦的手。我闭上眼睛，像我们第一次回到布莱特港那样，深深地吸了一口气。

"来吧，"亚伦低声说，"我们离开这儿吧。"他瞥了一眼曼迪和肖娜，问："你们来吗？"

"我们跟着你一块儿离开，"曼迪回答，"抓住你了。"

我们偷偷地穿过人群，躲躲闪闪地从缝隙中溜过去，一直走到傍晚凉爽的空气中。

当我们走到码头的时候，布莱特港已经完全被人占满了，他们以很高的声音谈论着今天发生的每件事。

我们到了码头，亚伦握住我的手。有那么一会儿，我想也许是尼普顿把我们的力量还给了我们。当他的手握住我的手时，我的全身都感到一阵刺痛。

"是的，"他害羞地笑着说，"我也能感觉到。"然后他靠在我耳边耳语："但是我不认为这和尼普顿有什么关系。"

我们默默地沿着码头走着，手挽着手，看着浪花拍打着沙滩，听着卵石的叮当声。

在码头的尽头，亚伦转过身来面对着我——他笑了。

"多么完美的夜晚啊！"我看见一轮银色的月亮照在水面上，一颗小星星在月亮旁边站岗。

亚伦盯着我。"我同意，"他清了清嗓子，又使劲咽了下口水，"但有一件事会让它变得更完美。"他语气如此温柔，我沉醉在他的话中。

"那是什么？"我屏住呼吸，等待他的回答。

然后他靠得更近了，我能感觉到他的呼气打在我的皮肤上。"这个。"然后他把手放在我的脸颊上，抚摩着我脸上的一缕头发——他吻了我。

有人在叫我的名字。

"嘿，小情侣！"是曼迪来了。亚伦笑着把手从我的脸颊上放了下来，不过他另一只手一直握着我的手。我也再也不想让他再放手了。

有人在我们下面的水里，我低下头。"是我！"肖娜叫着跳了起来，用尾巴泼了我们一身海水。"来吧，进水吧！"

"曼迪呢？"我问。

曼迪脱下上衣，爬上码头的边缘。"我会游泳，你忘了吗？"然后她就这样跳入水中。

在海滩的另一头，爸爸妈妈和一群人漫无目的地走着。爸爸在岸边的浅水中游着，妈妈在他身边的浅滩里散步，她的长裙湿漉漉的，黏在腿上。米莉跟在她身后，礼服搭在膝盖上，鞋子挂在她的肩膀上，她在和亚伦的妈妈说着话。外祖父母也在旁边，我猜他们一小时之内是不会想起我们的。

亚伦看着我，咧嘴一笑。"快和我们一起走吧？"他说完就跳进水里，用手向我泼水。过了一会儿，他在水里停了下来，他的尾巴在月亮破碎的倒影里闪闪发光。

我跳进去加入他们，没过多久，我的双腿也慢慢地僵化，变成了尾巴。我第一次不觉得自己的腿从一种东西变成了另一种东西，感觉更像是我的两个部分融合在了一起——当然这两个部分本来就源于一个整体。

亚伦游到我的旁边。"我们比赛谁先到灯塔！"他的眼睛像北极星一样明亮。

然后他摇了摇尾巴，潜到水下不见了。

"快跑，乌龟。"曼迪低下头，尽她所能地追着亚伦。肖娜游到她身边，轻轻地摇着尾巴，跟曼迪一起游。我跳进水里，飞快地甩了甩尾巴，加入了比赛。

当我和朋友们在水里游泳、溅水、玩耍、嬉笑，互相追逐着奔向海湾尽头的灯塔时，我脑子里只有一个念头——谁先到达那里并不重要，重要的是，我们要一起去那里。

跟随人鱼之波电台，探索幕后的故事

女士们，先生们，大人鱼们和小人鱼们，人鱼之波无线电台很高兴为您带来了第四系列的独家幕后采访——谈谈那些你最喜欢的人物。我是西蒙·沃特马克，今天我们将采访梅洛迪·比斯顿。

西蒙：梅洛迪，非常感谢你参加我们的节目。

梅洛迪：谢谢你的邀请，我也很高兴来到这里。

西蒙：对我们人鱼无线来说，你是一个很有灵性的人。

梅洛迪：真的吗？我从不知道自己是这样的。

西蒙：好吧，让我们来了解一下你的故事，当你还是个孩子的时候，就被一个朋友欺骗，从尼普顿那里逃跑，随后被困于海底洞窟。经历了这些之后，你却用与生俱来的天赋和美妙的歌声让两个世界和平共处。你是怎么做到这些的？

梅洛迪：（笑）嗯，当你这样说的时候……

西蒙：（笑）。

梅洛迪：严肃地说，我不认为我在这些事情上真的有很多选择。它们发生在我身上，我就必须尽我所能去处理它们。

西蒙：跟我们说说几年前的那一天，你不得不把孩子送走的时候。

梅洛迪：（长时间停顿。）那无疑是我一生中最糟糕的一天。我太爱我的丈夫了，一想到要和他分开很久就够糟糕的了。当我意识到，把儿子交给丈夫是保证他安全的唯一办法——好吧，从那一天，我内心的一些东西就崩溃了。

西蒙：你有没有放弃过希望？

梅洛迪：老实说，我不知道。在洞穴里那些黑暗的日子，我有几天觉得自己再也活不下去了。但是当我祈祷的时候，还是相信有一天会再次见到我的儿子。

西蒙：你丈夫呢？

梅洛迪：我也同样祈祷，也祝福……但我不认为我有同样的信念。

西蒙：一点也不？

梅洛迪：是的，第一年我真的相信我会再次见到他。然后，当我们在那里待了一年多的时候，发生了一些你可能难以相信的事情。

西蒙：告诉我们吧。

梅洛迪：一天晚上我做了一个梦。梦到我的丈夫来找我，我感觉他像往常一样抚摸着我的头发，然后感觉到他的嘴唇亲在我的脸颊上，随后我听到了他的声音。

西蒙：他说什么了？

梅洛迪：他说，再见，他说他会永远爱我。第二天早上，我面颊上竟然有干了的泪痕。我不知道他是真的来过，还是我想象出的。但那天以后，我就再也不相信我会再见到他了。从那以后，我每天都是心碎的。更重要的是，我一直生活在他依旧活着的记忆里，当我被困在那里的时候，是这些记忆让我继续前行。

西蒙：他是什么样的人？

梅洛迪：滑稽，勇敢，忠诚，我想还有点古怪。

西蒙：古怪？

梅洛迪：他不像其他人一样。他也并不是传统意义上那么英俊，他的眼睛颜色不一样，牙齿有点歪曲，他总是把夹克上的纽扣弄错——但我一点也不在乎这些。对我来说，他是有史以来最棒的男人，而且是最帅的——当然，除了我的儿子！

西蒙：告诉我们，与你儿子的团聚感觉怎么样？

梅洛迪：哦，那是我一生中最快乐的时刻！

西蒙：你见到他时有什么想法？

梅洛迪：有一刹那，我几乎以为我是在做梦。他有和他父

亲相似的脸，我想我一定是看花了。然后他说话了，我意识到
那是我的查利，我甚至无法解释这种感觉。如果你想象一下，
把你喜欢的所有东西组合在一起，然后乘以一百万倍，永久得
到这么多东西的快乐，可能会接近我的感觉。

西蒙：这是一个幸福的结局。

梅洛迪：一个非常非常幸福的结局。我等不及要用尽可能
多的时间陪我儿子，我们有很多时间可以在一起。

西蒙：那么，让我们谈谈失去的时光吧。这些年来，你和
赛伦同胞在洞穴里的生活是什么样子？

梅洛迪：你知道，并不都是坏事。开始时，我们有很多有
趣的时光。

西蒙：告诉我们最早的那些日子吧。

梅洛迪：嗯，因为我有秘密要保守，所以不能让任何人看
到我是多么悲伤。我只是不敢冒险说实话。所以我在很多时候
都带着微笑——有些微笑确实是真诚的。毕竟，我和我最好的
朋友生活在一起。前几周我们都有点兴奋过头，那里简直就像
是一个不停歇的女孩之家。

西蒙：你们做了什么？

梅洛迪：我们探索了这个地方的每一个角落，并沿着走
廊奔跑，选择最好的洞穴来做我们的卧室。我们发现了各种颜
色的海藻，最柔软的蕨类植物，最明亮的荧光鱼，并用它们装
饰了我们的房间。然后我们邀请对方到自己的房间参观，穿着

长袍参加午夜宴会和睡衣派对，我们用漂流的植物和珊瑚装饰房间。

西蒙：听起来很有趣。

梅洛迪：确实很有趣。我们穿着华丽的衣服跳舞，装扮成童话故事里的角色。我们度过了一段美好时光。

西蒙：听起来很美好。

梅洛迪：是的。即使在以后的日子里，我们之间仍然保持着友谊——不管怎么说，我们中的一些人还是有的。当然，我们也有关系不好的时候。那里改变了我们所有人，但它也给我展示了一些关于友谊的东西。

西蒙：比如？

梅洛迪：比如说友谊有多重要。莫尔维亚让我坚持下去，尽管我没有告诉她我最大的秘密，但我还是把其他的一切都告诉了她。我们变得更像姐妹——灵魂上的姐妹。

西蒙：不能歌唱的这些年是什么感觉？

梅洛迪：噢，太可怕了！唱歌是我生命的一部分。

西蒙：告诉我们，你是如何发现你拥有美妙声音的。

梅洛迪：（笑）我不知道，我从来没有发现我有美妙声音。

西蒙：在我看来你确实拥有！

梅洛迪：谢谢。

西蒙：那么，让我换个说法吧。你是如何发现你对歌唱的热爱的？

梅洛迪：我几乎记不起我不能唱歌的时候了。我想我可能会永远唱下去，而不会哭泣！

西蒙：（笑）

梅洛迪：但是在学校里，是我真正喜欢上它的时候。作为一条年轻的人鱼，我表现得非常好。我努力学习，热爱知识。我喜欢学校里的一切，但到目前为止，我最喜欢的部分还是唱歌。我在唱诗班唱歌，后来，我就一直负责主要的独唱部分。

西蒙：这感觉怎么样？

梅洛迪：实际上我有一种复杂的感觉。我有点不好意思，但我不能放弃唱歌。唱歌真的让我觉得浑身充满活力——仿佛我也能把身边的一切都带到生活中去。

西蒙：我想很多人会同意你的看法，我们从未见过或听到过类似的事情。

梅洛迪：谢谢。

西蒙：那么，梅洛迪，接下来有什么计划呢？

梅洛迪：两件事，陪伴我的儿子，还有唱歌！

西蒙：我打赌你迫不及待地要开始了。

梅洛迪：是的！

西蒙：好的，让我们再来问问别的，你最喜欢的颜色是什么？

梅洛迪：我最喜欢的颜色是我丈夫给我的贝壳的珍珠白。

西蒙：除了唱歌以外，你最喜欢的是什么？

梅洛迪：在洞穴里，我们学会了用各种各样的材料编织东西，不得不说我喜欢用海草织衣服！

西蒙：你生命中最美好的一天？

梅洛迪：我和儿子团聚的那一天。

西蒙：最好的朋友？

梅洛迪：莫尔维亚。我们的友谊是存在于生命中的。

西蒙：关于未来，最大的希望是什么？

梅洛迪：我们演奏的音乐会真的能改变一切，人鱼和人类能够学会彼此相爱、欣赏和接受，和平共处。

西蒙：我想我们所有人都会和你一起分享这个愿望的。嗯，梅洛迪，很荣幸你能来参加这个节目。非常感谢你的加入。

梅洛迪：我也十分高兴。

西蒙：离开前能不能请你帮个忙？

梅洛迪：当然。

西蒙：你能为我们的听众唱首歌吗？你知道他们很喜欢听。

梅洛迪：我也很荣幸！

西蒙：谢谢各位听众，话筒给你。——梅洛迪！

（随着梅洛迪美妙的歌声淡出）